集英社文庫

不敵雑記　たしなみなし

佐藤愛子

集英社版

本書は二〇〇一年十一月、集英社より刊行されました。

不敵雑記　たしなみなし　目次

たしなみなし

そうして、ここまで来た

楽しみなような、怖いような

おもろうて、やがて悲しき

幽霊騒動てんまつ記

不敵雑記

たしなみなし

たしなみなし

素直な感性を

バスジャック少年の両親の手記が文藝春秋十二月号（二〇〇〇年）に出た後、あちこちでその手記に対する批判を耳にした。最も多いのが、この親は病院や警察の対応の冷たさをあげつらい、自分たちの責任については反省していないというものである。

そこで改めて手記を読んでみたが、読み終えた時あまりの痛ましさに私は言葉がなかった。だれがこの親を責められよう。両親は何も気がつかなかったのではない。こうすれば息子はこう思うのではないか、逆効果になるのではないかなどと、ああも思いこうも思いして心身をすり減らしていくさまが刻明に説明されている。それは自己弁護なんぞではない。ことここに到るまでの経緯が説明されているのである。

現在の病院や警察の対応がいかに冷たく杓子定規《しゃくしじょうぎ》であるかは、社会生活をしている人ならみなが感じていることだ。だからこそこの両親の持って行きどころのない苦労、疲労困憊《こんぱい》が身に染みて感じられるはずである。

この親は心身をすり減らしつつ、力をふり絞った。それでも力及ばず最悪の結果になってしまった。今や親の愛というものが、どうしても届かぬ子供が出現しているのである。身を切るような親の心配が心に響かぬ子供、愛を感じる心を失った子供が。

だがそれが親のせいだろうか？　現代文明が人間性を侵蝕しつつあることに気づくべき時が来ているように私は思う。人間の感性はどんどん変質している。苦しむ人に同情するよりも、原因を究明し批評に精出してばかりいる。二十一世紀を迎えるに当ってどうのこうのとはしゃぐよりも、我々の感性が理屈で蝕《むしば》まれて行きつつあることを反省する世紀にしたいものである。

新正月風景

道路はきれいに清掃され、角ごとのゴミ袋の山もなく、車の姿も途絶えて閑散とした元日の町だった。これが二十一世紀の我が町の元日のたたずまいである。いかにもサッパリした、サッパリカランとした風景だった。

かつては正月だというと各戸に日の丸が立ち並び、緑鮮やかな門松に軒下のしめ飾り。その前を晴れ着を着た女の子が嬉しくてたまらぬようにチョロチョロしていたものだ。羽根つきの音に笑い声。年始の人（主に一家の主《あるじ》どの）が改まった姿勢で往来していた。それが私が経て来た懐かしい正月風景である。

数えて七十八歳の私が迎えた元日の町は、ジャンパーのポケットに手を突っ込んだ金髪の青年、ジーンズに半コートの娘さん、子供も親たちも昨日のつづきという顔つきである。小学校三年生の孫のために用意していた晴れ着は、イヤダーの一言で退けられたが、氏神様へ詣《もう》でてみていやがる気持がわかった。長い袖をひらひらさせて来ようものなら、一人だけ浮き上って注目の的になるだろう。

正月はテレビの中で騒いでいるもので、一般住民にとっては特別にめでたい日でも改まる日でもなくなったようである。

境内には行列が出来ている。何の行列かとよく見ると、それは賽銭箱《さいせんばこ》の前からづいていて、参拝する人の順番待ちの行列なのだった。

電車の乗り降り、デパートの（バーゲン中の）開店を待つ間、評判のラーメン屋、昼飯時の安売りコロッケ屋の前等々、到る所で行列をしているうちに癖になってしまったのか、神様を拝む時まで（だれにいわれたわけでもないだろうに）列を組むようになっている。神様は面接官ではないのだが。

かくて二十一世紀は始まったのである。なんだか居心地の悪そうな。

ふんどし成人式

以前から私はわが国の成人式というものに疑問を持っていたが、二年前の成人式のテレビ報道で、式場の中はがらがら、外にはふりそでや茶髪が群れていて、「こういう日はもっと楽しいことがいいですね。芸能人を呼ぶとか」とふりそでの女の子（さよう、ふりそでの「女性」ではない、あくまで「女の子」だ）が、いっているのを見て、これはもうやめた方がいいと思った。

楽しいこと——それが芸能人を呼ぶことなのか！　その発言の程度の低さを思うとこういう手合のために税金を投じて式典を開き、祝ってやった上にバカにされている行政を情けないと思わずにはいられなかった。成人式なんかやめてしまった方がいい、どうしてもしたいというのなら、「三十歳成人式」にするべきだ、とにくまれ口をたたいたが黙殺された。

パプアニューギニアの近くバヌアツ共和国の二十歳の成人儀式は、裸身に蔓《つる》をくくりつけて、二十五メートルの崖《がけ》の上から飛び降りるのだそうだ。その儀式を通過して勇気、胆力、決断力を備える成人になったことが認められ、自らも誇りを持つ。そしてふんどし姿でそれをなし遂げた歓喜の踊りを踊るのである。

日本の成人式もそれがいいと思う。このごろは都合よく、遊園地などにバンジージャンプというものがある。あれをふんどし姿で行うのだ。今は男女平等、機会均等、女は男をしのぐ勢いを持っているのだから、男も女も平等にやる。やり終えてふんどし踊りをやればいい。ヌード写真を公表して得意満面というむきも少くないのだから。

ふんどし成人式が行われるようになった時こそ、日本が新生する時だと私はいいたい。もはや「戦後教育のツケ」だの「親の責任」だのといっている時ではなくなっている。

一人相撲

神さまは調和ということを考えて、人、けもの、魚、木、花をおつくりになったにちがいない。その絶妙の色の調和に折にふれ私は感歎しているのだが、このごろはその調和を破ることで存在を誇示しようと考えているかのような若者が増えてきた。われわれ日本人の黄色い肌には黒髪が合うのである。黄色《おうしょく》地グロに金髪はどうもいただけない。金髪は肌の白さによって引き立つものなのだ。

ある夕方、その金髪地グロ少年が新聞購読の勧誘に来た。金髪のすき間から黒髪が透けて見えるのは手入れがいき届いていないためか、最新式の染め方なのか私にはわからない。つい私はいった。

「あなたね、どして金髪なんかにしてるの。その金髪を黒に戻せば購読したげる」

少年はびっくりしたように私を眺め（そんなことをいう客なんてザラにはいない

だろうなあ)、

「はあ、じゃ、やめます、金髪」

と素直にいった。

「よし。そんならとったげる」

少年は喜んで、

「ああよかった、今朝からずーっと回って、一軒もとれなかったんです」

という。ハンコを押して、

「じゃあね、がんばりなさいね」

といって送り出した。

「ハイッ」といって元気に出て行ったが、その後も時々どうしてるかなあ、金髪をやめて元気でやってるかなあ、と思い出していた。

ひと月後、集金の人が来たので、あの金髪の少年、どうしてる? 元気にやってるかしらというと、集金の人はこともなげにいった。

「ああ、あの男ね、とっくにやめました……」

今様浦島

友人からこんな話を聞いた。

喜寿が近くなったので（これが最後になるかもしれない）クラス会を開くことになり、幹事が会場であるホテルの住所と電話番号を書いた案内状を送った。×駅に十一時に集合すればホテルから迎えの車が来るとある。

十一時、×駅前に十数人が集まった。だが一向に迎えが来ない。そこでホテルへ電話をかけることになり、一人が公衆電話でかけたが応答がない。ツールルルーという音が聞こえるだけだという。別の人が代わったが同じことなので、この電話は故障してるのだと別の電話でかけた。それでもやっぱりツールルルーが聞こえるだけだ。そこで皆であっちの電話こっちの電話と走り回ったがどれも同じことである。仕方ない、駅長室で電話を借りようということになった。

その時、電話が空《あ》くのを待っていた若い女性が、たまりかねたように声をかけてきた。

「失礼ですが、ファクス番号を押しておられるんじゃありません？」

「あーっ」と気がついた人もいるが、わけがわからずキョトンとしていた人もいた。そうして一同は案内状に、電話番号だと思ってファクス番号を記した幹事を責めるよりも、こういう厄介な事態をもたらす現代文明に腹を立てたのであった。

それはわずか二年ほど前のことだ。だがその後の通信機能の進歩の波はあっという間の大津波のように我ら年寄りに押し寄せ、前記の話などもう笑い話にもなりはしない。竜宮城でいい思いをしたわけでもないのに、いつか浦島太郎になっている我ら。

「アイちゃん、教えて。ＩＴ革命ってなに？」

といわれても、そんなもの、知らん、バカバカしい……と何がバカバカしいのか自分でもわけのわからぬことをいって怒っている。

「知らなくても生きぬいてみせるぞ……」

いえるのは今はそれだけである。

インテリ無知

かつて大蔵官僚であったM氏の夫人は、お歳暮とお中元の時節がくると「ホントにアタマにくる」とよくこぼしていた。方々から贈られてくる品物をM氏の命令で送り返さなければならないからで、送り返すための包装代、送料などはバカにならない額になる。それればかりかそのために費やされる時間のロスがたまらない。

しかしこぼしながらも彼女が夫の清廉な人柄を誇りに思っていることは明らかで、話を聞く我々もあらためてM氏に尊敬の念を持ったものだった。

去年（二〇〇〇年）の秋ごろだったと思う。某私立大学附属小学校の若い先生が自殺した。週刊誌によるとその先生は理想を高く持った教育者として立派な人で、その死を残念がる人は少なくなかったということだった。子細についての記憶はおぼろになっているが、一つだけ深く心に残ったことがある。その先生は生徒の親から届く贈り物を送り返した。それが親たちを怒らせていたというのである。贈り物に込められている厚意を無視するなんて失礼だという考え方なのだろう。しかし厚意にはさまざまな心情が隠れている場合がある。「不純な期待」が隠れていはしないかと疑いを持たなければならない立場というものがある。先生はそれを心得た真直、公正な人だったにちがいない。

今はもうこういう話は美談ではなくなってしまったのだろうか。今はもう人間の誇りについて、勇気について、何が美しく何が正しいかを考えるのをやめたのだろうか。わが子を有名小学校へ入学させる親は知識階級であること、教育熱心であることを自任している人たちだろうに。

「深く考えることをやめたインテリ」が増えてきている。そのうち教育熱心という言葉は必ずしもホメ言葉ではなくなっていきそうである。

売れる！

今年も所得税納付の時期が来た。そのうち新聞に各界高額納税者の名が並ぶことだろう。毎年、私はそれを目の端に見て、一人でムッとしている。なにもひとの収入が多いからといってムッとすることはないと思いつつ。いったい何の意味があってひとの稼ぎの高を公表するのだろう。それを話題にして興じる人、また誇らしげなお方を見聞きするとますます私の機嫌は悪くなる。カネカネといいなさんな、カネで人間の値打ちが決まるわけじゃあるまい、といいたくなる。

芸能人が家を建てた。するとすぐに×億の豪邸だと騒ぐ。イチロー選手がアメリカの球団へ移った。と、「移籍金十四億」の文字が新聞紙上に飛び跳ねる。死亡した人の遺産の額が多いと新聞に出る。

このほど私の小説本が出版され、それについてテレビ制作会社から出演交渉がきた。私はテレビに不向きな人間なので、そう説明して断ると先方はこういった。

「でも本は売れますよ！」

私はまたムッとした。それは私だって本が売れれば有難いと思う。本を出してくれた出版社に喜ばれることは嬉しい。

だが、売れますよとは何だ、売れますよとは！

それを聞いてこの私が喜んでテレビに出る気になると思っているのか、といいたかった。いわなかったのはいっても真意がわからないだろうと思ったからである。

私は生活の糧を得るためにものを書いている。その努力に対する正当な報酬は要求するが、「売るため」に何かしようとは思わない。それが作家のプライドというものだ。だがこのプライドは理解されず、私は厄介なひねくれ者になっているらしい。ま、それもいいだろう。いつの時代もそういわれる年寄りはいたのだ、と呟《つぶや》きつつ、それにしても今の世の潮流に私は暗澹《あんたん》とせずにはいられない。

希望の星

世田谷のこの町へ来てから四十六年、親類のような気分で肉を買いにいっていたマルマツ肉店が去年、ついに店を閉めた。近くにスーパーが出来たためである。頑張っていたがとうとうスーパーの軍門に下ったのだ。

この後どうするのかと訊くと、包丁研《と》ぎの確かな腕があるので、それをしながらのんびり全国を車で回ろうかと思っているという。今どき何ともロマンチックなことを考えたものだと私は感心した。

包丁研ぎといっても、このごろの若い主婦は包丁研ぎを必要とするほど包丁を使うのだろうか？

シャッターの下りた店の前を通るたびに私は、陽の当る集落を暢気《のんき》に走るマルマツの車を思い描いたりするのだが、実際はそれはマルマツの親爺《おやじ》さんのただの夢物語だったのかもしれない。

マルマツ肉店の並びの萩原八百屋も数メートル先のスーパーに押されている様子だが、夫婦で頑張っている姿を見ると心から声援せずにはいられない。時代の趨勢《すうせい》といってしまえばそれまでだが、親の代からの店を守ってきた人たちが大資本に押し倒されていくのを見るのはつらい。調味料などの買い物でスーパーへ行くことはあるが、野菜だけは買わずに萩原で買う。気のせいか野菜の鮮度が落ちてきているように思うことがあるが、それでも私は買う。

そんな日々、夕暮れになると表からラッパの音が聞こえてくる。豆腐屋のラッパだ。たちまち私の心は、貧しく不便だったけれども人はみな勤勉だった時代にタイムスリップして、懐かしいとも切ないともいいようのない気持になる。こういう豆腐屋さんがいる我が町は捨てたものではないと思う。伊勢屋の小父《おじ》さんは私の希望の星である。星よ！　いつまでも元気でラッパを吹きつづけてね！

テクニック

生れて初めてボクシングのテレビ中継を最初から通して見た。畑山隆則とリック吉村のタイトルマッチである。前にチャンピオン畑山を別の番組で見て、柔和に見えながら自信と気迫を内に秘めた、なかなか魅力ある男だと思い、彼の戦う姿が見たかったのだ。

ボクシングについて私はド素人《しろうと》である。そのためか見ていてヘトヘトになった。なぜかというと、あのクリンチというやつにヤキモキしたためである。特にリックの腕は長い。その長い腕がここぞという時になると、ニョロニョロと象の鼻のように伸びて畑山の首に巻きつき、引き寄せて畑山は動けなくなる。また畑山の腕を脇《わき》に挟み込んで戦う力を殺《そ》ぐ。私は思わず「リック、卑怯《ひきよう》なり」と叫び「審判は何してる！　リックの回し者か」と怒号し、終った時はもうクタクタだった。

翌日、新聞の普段は見ないスポーツ欄を点検した。クリンチ批判が出ているかと探したがどこにもない。「巧妙なクリンチで知られるリック」という一行さえある。クリンチはテクニックとして認められているのだそうだ。

そもそもわれら日本人は正々堂々の戦いを好む民族だった。相撲、柔道、剣道しかり。かつてはテクニックは「弄《ろう》する」という言葉でいわれ、卑怯とされたものだ。だが今はそれは「用いる」といわれて技術の一つと見なされる。柔道も外国に普及してから、勝つためのテクニックに走る柔道になりつつあるという。

正々堂々の戦いをせずに勝ったとしても、それが何だというのだ、と叫べども共鳴者はだれもいない。困ったような笑い声の中にわが怒声だけが空しく響くのである。私はもうボクシングは見ないことにしよう。健康のためだ。老人にイライラは禁物とどこかに書いてあったことだし。

笑って下さい

職業上の必要から折にふれ写真を撮られるようになって久しいが、いつまでたっても慣れることができないのは「笑って下さい」といわれることだ。私は役者じゃないから、笑えといわれたからといってすぐには笑えない。おかしくもないのに笑えるか、といいたいのをこらえてニィと笑った写真が掲載されているのを見てギョッとしムッとしたこと幾たびか。対談中の写真にいい写真があるのは本当に（笑いたくて）笑っているからだろう。

なにゆえカメラマンはかくも笑うことを要求するのか。そう訊くと、緊張して固くなっている表情を和らげるためだといわれた。そういえば前は撮影中、つき添いの編集者が何かと話しかけて自然に笑顔が出るように仕向けたものだった。だがこのごろは立って見物しているだけだ。その見物の前でこっちは「ムッとしつつ笑う」というむつかしい作業を行っているのだ。

写真はなにも笑顔でなければいけないということはあるまい。緊張した顔、仏頂面《ぶっちょうづら》、怒り顔。それがその人のその時の顔であればそれでいいじゃないか。どうして取り繕《つくろ》うのだ。いつだったか婦人雑誌に出た私の写真は、何のことはない「お客を迎える料亭のおかみ」という趣だった。しかもそれを人はとてもいい写真だといった。いい写真というのはどういう写真をいうのか。キレイに撮れていてもその人らしさが出ていなければいい写真とはいえない。

これからは何といわれても笑わないぞ、と決心しながら、やっぱりニィと笑う私。

これってどういうことなんだろう?

耳直し

テレビを見ているとこのごろの若い女性は、感嘆を表現しようとすると、みな幼児語になってしまうらしい。

「カワイーイ!」「キレー!」「スゴーイ」「たべたーい」「オイシーイ!」という調子。今に「オイチイ」といい出すのではないかと思っていたら、「ウマーイ」というのが出てきた。幼児語の上に男性語も取り入れられている。やがてはウマイが「ウメェ」になるだろう。

あるクイズ番組で女の解答者が答をカタカナで出した。それを見て別の人がそれくらい漢字で書けよといったところ、彼女は「てめえにそんなこといわれたくねえよ」といい返した。当紙の反響欄の、ご老人の怒りの投稿である。その女タレントがだれかは書いてなかったが、その言葉が許されるのは目下のところ和田アキ子くらいなもので、彼女はそれを「芸」にしているから許されるのである。

言葉は時代とともに生きているそうで、そういう時代なのだといわれれば、さよですかと引き下がるしかない。そんな人のために私はテレビ東京の「レディス4」という番組を見ることをお勧めする。まずいものや苦い薬を飲んだ時に「口直し」が必要でしょう。「レディス4」に流れる日本語のなめらかで美しいこと。総司会者（当時）高崎一郎さんを幹に四人の女性の上品なもの腰と語り口は、口直し、いや耳直しの絶品です。世のご老人たち、怒れる同志よ、耳直しをして頑張ろう！

ハナのつまり

春が来て花の便りが聞こえ始めたというのに私は、

　起きてみつ寝てみつハナのつまりかな

という日々だ。花粉症は後先考えずに杉を植林した結果であるから、政府は無策の責任を取るべきだとハナ水ふきながら怒っている人がいたが、この病は杉花粉のせいだけではない。人の身体《からだ》は冬から春へと微妙に変化するが、その変化が空気の複合汚染に反応するのだと私は考えている。二十年選手の経験から得た結論である。我々は快適便利を求めて道を舗装し車を走らせ大気を汚し、その結果花粉症を背負った。

経済繁栄を求めてゴミの山を背負った。

自由と合理性を求めて孤独を背負った。

電車や街中、所かまわずメールとやらを送っている若者の姿を見ると、やがて表現力が欠落し、今に簡略化された既製語だけでものをいう日本人が増えてくるだろうと思う。

起きてみつ寝てみつ蚊帳《かや》の広さかな

と詠んだ千代女《ちよじょ》に対して江戸の川柳子は、

お千代さん蚊帳が広けりゃ入ろうか

としゃれた。

起きてみつ寝てみつハナのつまりかな

これに対して何か返句を、と求めると、この春、有名大学に入学した某君、

「ハナがつまれば……（と考えて）つまってるしかないでしょう」

いや、それはその通りなんだけどねェ……。

妻の気持

去年（二〇〇〇年）、警視庁が摘発した電車内での痴漢件数は二千百件で、過去最高を記録したという。以前は、羞恥心《しゅうちしん》から我慢していた女性たちが恥ずかしさを捨てて攻勢に出たための記録かもしれないが、あるいは実際に数が増えているのかもしれない。いずれにせよ、これだけすぐ明るみに出てしまうことがわかっているのに、あえて行う男がいることが私はふしぎだ。

酒好き、博打《ばくち》好き、盗み好き、浮気好き。男の悪習はいろいろあるが、妻として何よりも耐え難いのが痴漢であろう。色香に迷ってつい、というのではない。手近にいたから、というのではあまりにミミッチイ。いやらしく情けない。いったい何が不満で浮気したのと詰めよることはできても、何が不満で行きずりの女のお尻をなでたのよ、とは情けなさ過ぎて怒る力もなえる。

「文明社会に生きる男の、これは必然的な欲求不満ですよ。起るべくして起った現象」

と呑み込み顔に分析する女性がいて、私は今更のようにこの変化を進歩というべきかどうか考えてしまった。そう分析してすましていられるのは妻の立場に身を置いたことのない人か、男を愛するのをやめた人か、もしかしたら女ではない人といえるかもしれない。

自殺をしようと思ったが妻子の顔が目先にちらついてできなかった、と述懐している人がいたが、死ぬ時ばかりでなく女のお尻に手がムズムズする時こそ、妻子の顔がちらついてほしいものである。

春の日長

時々、若者の声で佐藤さんですか、愛子さんいますか、という電話がかかってくる。私が愛子です、というと黙っているので、私はガチャンと切る。先日もまたかかってきた。声は若いが、この前とは違う人だ。

「佐藤さんですか？　アイ子さんいますか」

「私ですが」

相手は黙ったまま。私の方から切った。二、三分してまたかかってきて、同じやりとりをする。

「あなた、さっきかけてきた人でしょう？　間違ってるみたいですよ」

「タレントの佐藤藍子さんに出てもらいたいんですけど」

やっぱりそうだった。前からそうじゃないかと思っていたのだ。私は愛子、向こうは藍子。どこで調べたのか。字の違いもわからないのか、このごろの若者は！と思う。

「私は佐藤愛子という作家です」というと、息を呑んだ気配（そんなに怖いか、この私）。タレントの藍子さんの番号がわかった、といって友達がこの番号を教えてくれたもので、と弁解した。

電話を切った後でこんな想像をした。その友達は前に私の所へかけてきて、一喝された若者ではないのか？　そこで、面白半分に私の番号を教えた。彼はまんまと策にかかり、友達は喜んで笑っているのじゃないか？

世の中には、まま、こういう目に遭《あ》う不運のお人好《よ》しがいるものだ。遠藤周作さんならやり兼ねない。彼は亡くなったが、こんな若者は時代が変わってもやっぱり生きつづけているらしい。

自分勝手な想像に酔い、遠藤さんをしのび、ひとり感傷にふけった春の一日。

達観？

女性が力を持って社会進出し、男並みに仕事をするようになったころ、恋人や夫はいらないけど奥さんがほしい、という人がよくいたものだが、このごろはそういう声は全く聞かない。

「〝昔の奥さん〟ならほしいけど、〝今の奥さん〟はいらない」

といった人がいて、それを聞いた若い女性にやられた。

「それは女性に対する差別というものです。女性が女性の自立を認めず、夫や家事の奴隷であったことを推奨《すいしょう》するなんて」と。

そういわれると正論であるから返す言葉なく苦笑いしてごま化す。ソレソレ、そんなふうにすぐに息巻いて理屈をいい出すから今の奥さんはかなわないのよ、とはいい兼ねている。

「そうだったのね、昔は奥さんが夫に尽すことが美徳とされていたんだものねえ」と穏やかに応じてくれれば「時代は変わったのねえ」と嗟嘆《さたん》して話は終るのだが、正論を武器に攻めて来られると、「今の男はえらい、いや情けない、いやかわいそう」というのも口の中、いつか男の味方をする心情になったと旧友は述懐している。かつては男の関白ぶりに泣いた日があったことも忘れて。

当年とって七十八歳。今は男でも女でもないといった心境に達した私は、相撲の行司のような気持でそんな光景を眺めている。山頂から故郷の戦況を見て、かつての同志の苦戦に合掌するのみである。

素朴な疑問

四月十六日（二〇〇一年）本紙朝刊の一面からいきなり「うそつき」の文字が目に飛び込んできた。李登輝《りとうき》氏が訪日ビザを申請しているのに、日本政府は申請を受理していないといったことを「うそつき」といわれたのだ。こうわかりやすく素朴にズバリと書かれると私も日本人のハシクレ、胸にこたえる。

「公式にはビザ申請が出ていないとしていることについては嘘だと語った」という他紙の書き方よりも「うそつきと日本批判」の一行の方がはるかに迫力がある。全く恥ずかしいという気持になる。

いや、これは中国との外交上のあつれきを心配しているためで……と解説する人がいたが、そんなことはわかっている。私は下手な嘘をついたことを怒りたいのだ。すぐにわかってしまう嘘をつくなんて李氏をなめているのか、知恵がないのか。

その一方で自民党は、田中真紀子さんのおだぶつ発言を問題にして釈明を求める通告書を出したり、「党員としても政治家としても一人の人間としても許すことはできない」と野中広務氏はいたく憤激の模様だが、こっちの「うそつき」については知らん顔だ。今は亡き小渕さんと病に苦しむ李氏とどっちが大切か。国の中でのつい調子に乗ったいい過ぎと、右顧左眄《うこさべん》して外国の前総統から「うそつき、臆病者」と軽蔑されるのと、どっちが問題か？

庶民は素朴にそう思っていますよ。野中さん。政治とはこういうものなのかなアと。

大胆不敵

この一月に私の著書（『血脈』）が出版されたために、いろんなメディアからインタビューが来た。この本は上中下三部に分かれていて、しかも一冊一冊が分厚いので、見ただけで読む気が萎《な》えるというしろものである。読み終えるのは至難であることはわかる。しかしインタビューをする以上、読了して臨むのは礼儀であり仕事への義務、熱意というものであろう。

だが何たる大胆不敵。私のニラミでは、半分読み、あるいは飛ばし読みをして来る人がいる。そういう仕事の仕方に慣れているから一応そつなくこなしているが、話が深まってくると読んでいないことが露呈されてくる。読んでいればそんな質問が出るわけがないという質問をする。そこでためしにユーモラスな挿話を話してみると爆笑している。その挿話は本の中に書いてあるのだから、読んでいれば爆笑するわけがない。これでキマリ、と私は思う。

あんなインタビューで、いったいどんな記事が書けるだろうと楽しみにしていると、これがなかなかのものだったりして、なるほどベテランとは才能とはこういうものか、と感心してしまうのが口惜しい。今は「手っとり早く仕事を片づける」のがよいという時代らしいから、こういう才能と不敵さが必要なのだろう。その代わり礼儀は捨て去られる。

それにしても佐藤さん、あんたも人が悪いねって？ これくらい意地悪でなきゃ小説は書けないんですよ。

標語 小説家には近づくな。特に女の小説家。

老境

たいした庭ではないが、外出嫌いの私には愛する庭だ。年が明けてしばらくすると白梅が花をつけ、紅梅が咲き、桜、桃、つつじ、牡丹《ぼたん》、山吹と順々に花を咲かせては散ってゆく。これからはザクロが花をつける番だ。二十年ほども前、仕事に追いまくられていたころは、梅が咲こうが散ろうが、そっちはそっち、こっちはこっちという暮し方だった。老いるにつれて仕事の依頼も減ってゆき、それに伴って庭に目がいくようになった。

今年もまた咲いてくれたのね、と梅や桜にあいさつし、年をとるということはこういうことなのだなアと思う。

「来年もこの梅が見られるかなア……」

と老いた父がいうのを聞いて、なにをシバイみたいなことをいって、と思っていた私が今は同じことをいっている。

長い年月、私の無関心にも腹を立てずにこの庭の手入れをしてくれていた植木職の高桑さん親子の、かつては青年だった二代目がいつかあごにヒゲをたくわえるようになり、それが白くなっていることに気がついたある日、高校生の息子が一緒に来た。かつて自分が親父さんに仕込まれたように、息子を仕込もうとしているのだ。庭の方から何かと息子に教えている高桑さんの声が聞こえてくると、私の目がふと熱くなる。何の涙か。感動の涙らしい。何の感動か。こうして父から子へと伝えられてきた職人の歴史への感動か。健気《けなげ》に父に従っている少年への感動か。今はもう滅多に見られなくなったこの親子の幸福がつづきますようにと私は祈る。

父親教育

「自分のことを棚に上げていうけど、これからは英語が大切だ」と父親が子供にいっているらしいCMの声が耳に入って、思わずテレビを見たが画面は終っていた。「自分のことは棚に上げて」だと？

何の意味があってこういうつまらないセリフを父親にいわせるのだといおうとして、いつだったかテレビの番組案内で「こういうことを知っていると子供に尊敬される」というタイトルがあったことも思い出した。

いったいこれは時代風刺のつもりなのか、それとも時代を先取りしているつもりか、まさか子供におもねる父親を推賞しているのではあるまいね、と一人でイキ巻く頭の隅に、ソレソレ、それだから困るんだ、これはシャレでしょ、笑っていればいいのにヤボだねえ、という声が聞こえてきて、私は苦虫をかみつぶした顔になった。

「おい、ムスコ、英語をやれよ」

「お父さんは、できるの？」

「できないからいってるんだ、バカヤロー」

これが父と子の本来のありようだと私は思っている。バカヤローといわれて子供は「へへ」と笑っている。父への優越と親愛がその笑いにはある。バカとは何だ、子供だからといって見下《みくだ》し言葉を使っていいと思うのか、などとはいわない。バカヤローは「気合」だとちゃんとわかっている。そこには父と子の密着、血の通った父子関係があったのだ。もしもテレビが時代を映す鏡だとしたら、私は子供よりも父親の教育を考えたい。

マジメにやれェ

過日、今年の新入社員が理想とする女性上司のトップは田中真紀子外相（当時）だという産業能率大学の調査結果が新聞に出ていた。田中女史が外相に就任する前のことである。女史が一位になったのは、「自民党の長老に辛辣《しんらつ》な発言をくり返す点が支持を集めた」ようで「上司として新しい道を切り開いてくれそうな期待感を持てる」からららしいと同大学は分析した。

田中女史を私は嫌いではない。友達としてなら面白くていい。だが「上司」ということになると、どうだろう？　長老に辛辣なことをいうように、部下に対しても辛辣にちがいないと思うからだ。新しい道を切り開いてくれるかもしれないが、その時に女史が振うであろう力が部下である我が身に及んでくることを想像する。その時、辛辣を肥やしにして成長しよう、という覚悟があってのことか？

どうも今の若者の大半はどんな時でも面白半分、いい加減のようだ。本気でものを考えたことがないらしい。たかがアンケートに本気を出せるかよ、というのだろうか。私の世代は常に本気で考え真剣に生きてきた。それは人生に対する基本の姿勢である。

このごろメル友というのがはやっていて、そのための悲劇が起きている。どこの何者ともわからない異性とメール交換しているうちにのっぴきならないことになるのも、人間関係をいい加減に考えているからだろう。

少年よ、大志を抱け、なんて高級なことはもういわない。せめて若者よ、マジメにやれェ。

悪夢

もう何年も怖い夢など見たことがなかったのだが、久々で悪夢にうなされた。エレベーターの中に私は一人でいる。壁に数字や記号のついたボタンが縦に三列並んでいる。降りたい階のボタンを押すがエレベーターは止まらず、どんどん下がっていく。慌ててボタンを押すと今度は上り出した。私は滅多やたらと押しまくる。エレベーターはそれを無視してどんどん上り、またどんどん下がる。火急の際に押すスイッチがあるはずだが、それも記号になっているらしい。わからない。押しまくる。エレベーターはどこ吹く風と上ったり下がったり。それが延々とつづく。ようやく目を覚ますと身体《からだ》はコチコチ、胸は早鐘を打っていた。

子供のころはよくお化けの夢を見た。追いかけられたり迷子になった夢もよく見た。成人してからは戦っている夢が多かった。両手に蛇がからみついたのを歯で食いちぎろうとしている、という壮絶な夢もあった。蛇はクレヨンのような味だった。

老いると五感は衰えて悪夢にうなされることもなくなってしまうものだろうか。悪夢どころか、見たはずの夢さえ目覚めると同時にもう忘れていて、安らかな夜々がつづいていたのだが、久々で見たのがエレベーターの夢とは。あの壁面に並んだわけのわからぬ数字と記号の怖《おそ》ろしさ。人にはわかるのだろうが、私にはわからない。インターネット時代を無視して生きようとしている私の、これが絶望的な悪夢なのである。

たしなみなし

友達が来て、玄関のツッカケを見ていった。

「佐藤さんでも用心深く暮してるのね」

私は一人暮しである。娘一家は二階にいるが、玄関は別であるから一見、一人暮しに見える。友人は女の一人暮しの用心として、私がわざと男物のツッカケを置いていると思ったのだ。私は慌て者だから門のチャイムが鳴るとツッカケを突っかけて走り出る。その時たっぷりして履きいいので男物を置いているだけなのだ。

またある時、別の友達が来ていった。

「あなたの表札、あれでいいの？」

私の表札は門柱にはめ込んだ大ぶりの物に姓と名前を記している。だが友達は女性の表札というものは姓だけを書いて名は書かないもの、それは女世帯であることを知られないための用心であるといった。私は訪ねて来た人がうろうろしないように、わかり易くしているだけなのだ。

女の一人暮しはそれくらい用心深くするのがたしなみというものだそうだ。洗濯物を干す時、男物のパンツをわざわざ買ってきて一緒に干す人もいるくらいだとか。とにかく今は何が起るかわからない時代なのだから、といわれた。だがたしなみ深く「佐藤寓」などと書いたためにかえって男の邪心をそそるということもありはしないか。その点、私の表札は悪者の心胆寒からしめるものがあると思う。さらに私のでかパンは、男のサルマタより威力があると思うのだが。

二十一世紀の子供

昔の子供はとにかくエネルギッシュだった。意味もなく跳んだり走ったりわるさをしたり。話の筋道を立てていってきかせても耳に入らないから、おとなはオドシの手でいうことを聞かせたものだ。お膳《ぜん》に向ってご飯が出てくるのを待ちながら、お箸《はし》でカチャカチャ茶わんをたたいて、「ハラ減った！　メシ食わせ！」と兄妹で声をそろえる。するとおとなはいったものだ。

「そんな音立てたら餓鬼がくるよ」と。

餓鬼はいつもおなかを空《す》かせているから、箸と茶わんの音が聞こえたらとんでくるのだというのである。それで子供は静かになった。単純なものだった。

そんなころのこと、私は男の子のまねをして、頭に鍋《なべ》をかぶって家中を走り回っていた。すると手伝いのおばさんがいった。

「そんなものかぶったら一生、背が伸びまへんで」

その一言に驚いて、私は二度と鍋をかぶらなくなった——。

そんな話をしていると、そばにいた孫がふしぎそうに口をはさんだ。

「どしてお鍋なんかかぶるの？」

不意を突かれ、どうしてって……と私は詰まる。仕方なく「面白いからよ」と答える。すると孫は「なぜ面白いの？」と追及する。

なぜ面白いか？　子供だから面白いのだ、それが子供というものだ……。いや子供というものだったのだ。

「ふーん」と孫は不得要領にいい、つまらなそうに向こうへ行ってしまった。私は面白い話をしてやっているつもりなのに。

猛女の孤独

杓子定規、権威主義、人情なしが官僚の形容詞になったのはいつごろからか。「官僚みたいな男」とか「官僚臭ぷんぷん」とか、たいていイヤなやつを表現する時に使われている。だが具体的な官僚の実態はわれら庶民にはわかっていなかった。

だがここへ来て田中真紀子外相と外務官僚の戦いが始まって、それまで暗がりにうずくまる影法師のようだった姿が見えてきた。田中外相の大臣としての資質、手腕はさておいて、この試合を見る庶民は田中さんの応援をしたくなる。というのも、官僚のやり口は何ともいやらしいからだ。因循《いんじゅん》。女々しい。底意地が悪い。何もいわず黙っていて、陰でコソコソ悪口いったりリークしたり。いいたいことがあるのなら堂々といえばいい。ウジウジコソコソするから田中さんは感情的になる。感情的になれば批判が集まる。それを見越してわざとウジウジコソコソしているのではないかと勘ぐりたくなるほどだ。

「面従腹背にならざるを得ない」と官僚の肩を持った記述があったが、「ならざるを得ない」とは昔の娘っ子じゃあるまいし、それが男のいうことか。面従腹背するのは腹が据わっていないからだ。文句があるのならハラかっさばく覚悟をもって直言せよ、といいたい。

この世の不正を糾《ただ》さんと旅に出たドン・キホーテには唯一、サンチョ・パンサという忠実な従士がいた。ああ、孤独な戦いに明け暮れる田中真紀子に、サンチョ・パンサなきをいかんせん。

わが教育

孫の勉強を見てやるのは楽しみの一つだが、小学校四年ともなると算数がむつかしくて困る。だいいち、問題の意味がわからない。いったいなぜ、こういうややこしいいい方をするのか。なぜ普通にいわないのかと腹が立ってきて、

「こんなもの、わからなくてよろしい！」

と叫ぶ。孫は仕方なく一人で考え、

「あっ、わかった！　こうよ、おばあちゃん」

と解いてみせるが、それが正解かどうかもわからぬ情けなさ。

私の父は中学の時、数学の時間になると頭痛がしたので教科書のカバーに「毒本」と書いて先生に叱られた。私も数学の試験になると熱が出た。代々わが家は数学低能の家系なのである。そのために私は今までどれくらい損をこうむってきたか

しれない。数学なんて高級なものではなく、ただの計算さえできない。金の貸し借りや釣り銭をごま化されてもわからない。わからないから心は平和なので、だからそれでよいのである。

「それでもあんたのひぃじいちゃんはひとかどの人になりました。この、ばあさんも気迫をもって損得を超越してきた。人生において大切なものは何か！　情熱です。気迫です！」

部屋を出て行った孫は向こうで娘に何やら話している。娘の声が聞こえた。

「わかってる。こういったんでしょ。そんなものできなくてよろしい、人生は気迫だって。わからないと必ずそういうのよ。おばあちゃんは」

それにしても小学校の算数はむつかし過ぎる。

順　調

へちまの苗は遅くとも五月の末には植えなければならないが、今年はどこの花屋にも売っていない。へちま棚からへちまがぶら下がって風に揺れるのを眺めるのが、よろず楽しみを失った私のささやかな喜びだったのに。

前はよく庭に来ていた雀たちがこの頃は姿を見せない。雀はどこへ行ったのか、いなくなったのかと考えるうちに、以前は犬がいたのでその残飯をついばみに来ていたのだと気がついた。犬が死んだので残飯がなくなったのだ。

そこでひと握りの米を庭に撒いた。暫《しばら》くは姿を見せなかったが、そのうち一羽、二羽と来るようになった。どうして彼らはそれに気がつくのか。生きるために一心に目を光らせているのね、と犒《ねぎら》いたいような気持だ。鳩も来る。

居間のガラス戸の内側で米をついばむ雀を眺めるのが折々の楽しみになった。庭から四、五メートル離れているのに、私が身動きするとその気配で忽《たちま》ち飛び立って行く。ゆっくりおあがり、何もしないから、といいたいが、一斉に飛んで行ってしまう。

暫くして気がつくとまた来ている。ゆっくり食べさせたいので身動きもせずに息を殺すような思いでいる。そんな時に電話がかかってくる。舌打ちしながら立ち上る。遠い昔、やっと寝ついた赤ン坊を起さないように忍び足で歩いた時のことを思い出しながら。雀は飛び去り、なかなか戻って来ないのを待つ。これが私の老後の姿だ。お元気ですかと人に問われると「順調です」と答える。順調に老いつつあるという意味で。

エイトマンとアポロ

北海道の私の夏の家の近くにエイトマンと自称している漁師がいる。犬を飼っているがその名をアポロという。彼と知り合って二十年になるがその名のいわれは知らない。

ある日、一人の青年が来て、「カメヤマだけど、オヤジが酒飲みに来いって。皆来てるから」といった。

カメヤマ？　心当りがない。いくら私が物好きでも知らない家へ酒を飲みに行く気はしないので断った。後日よろず屋の親爺さんに話すと、

「カメヤマ？　ああエイトマンだべさ」

二十年もつき合っていて、私はエイトマンの名字を知らなかったのだ。

エイトマンの番犬アポロは主人が漁に出る時は必ず港までついて行って見送る。

帰港の時間には迎えに来ている。漁港は二カ所あって乗る船によっては十キロほど先の港に入ることがある。その時でもアポロはちゃんと迎えに来ている。どうしてわかるのかなあ、とエイトマンは嬉しそうに不思議がっていた。

だがそのうちアポロの送り迎えはなくなった。アポロは小屋に繋《つな》がれているのである。「犬の放し飼い禁止」という法令のためだ。ここは百軒ばかりの小さな漁師の集落である。犬が歩いているからといって誰に迷惑がかかるわけでもない。夕方になると子供と一緒に犬も走り、子供が叫び犬が吠《ほ》え、かもめが群れ飛ぶ絵のような漁港だった。

漁があってもなくても何だか楽しくないよ、とエイトマンはいう。けど規則だもんな、しょうがない――。

アポロは小屋に繋がれたまま、去年死んだ。

老兵は黙す

テレビで宅間守容疑者（当時）の印象を近所の男性が語っていた。「口数の少い方《かた》で……」と。

方？　思わず私は呟《つぶや》いた。方という言葉は「方面」とか「場所」「方法」などいろんな使い方があるが、この場合は「人」をいっている。だが「あの人」という時に方を使うのは敬意をもっている場合だ。人殺しに向って「方」はないだろう。

だが、と私は考える。この人はテレビに出るからにはヨイ言葉をと心がけて、つい殺人犯に「方」をつけてしまったのかもしれない。いつだったかも「建設省の方がおっしゃるには」と尊敬語のお重ねをしたレポーターがいて、私は妙な違和感を覚えたことがあった。日常生活の会話から尊敬語が消えて久しい。そのため日本人の言語感覚が粗雑になり、使い馴《な》れない尊敬語を使おうとすると混乱してしまうのかもしれない。

少し前のこと、某新聞のコラムに香港《ホンコン》でインフルエンザウイルスが鶏に蔓延《まんえん》したため、百二十万羽の鶏が処分されたという記事があった。曰《いわ》く、

「香港では鶏の英霊を慰める大法要が営まれた――」

鶏の英霊！

そもそも英霊とは死者の霊に対する尊称で、広辞苑には「特に、戦死者の霊にいう」とある。いったい新聞記者たる者が……といいかけて考えた。いや無知なんかじゃない。ふざけてわざとひねっているのだと反発されるかも、と思う。この頃は文句をいおうとして口を噤《つぐ》み、あれこれ想像して目をつむるようになっている。

老兵は消えず、ただ黙するのみ。

目玉やきの目玉

子供の頃からずーっと、七十五歳の今まで私は卵が好きである。目玉やき、薄やき、オムレツ、ホカホカご飯に生卵。何でも大好きだ。私が子供の頃の目玉やきは、なぜか黄身にまですっかり火が通っている焼き方で、今から考えるとたいしておいしくはないものだったと思うが、私はその固い黄身のお月さまを最後の「おたのしみ」に残して白身を先に食べたものだった。

私の兄はそれを見て、よく、

「おい、どうするんだよ。食うのか食わないのか、早くしろよ。こっちには腹づもりがあるんだから」

といったものである。「おたのしみ」に取っておいたのはいいが、そのうちお腹《なか》がいっぱいになって、お月さまは皿に残ったままになることがよくあった。兄はそれを狙《ねら》っていたのである。

目玉やきを作るのはむつかしいとこの頃、改めて思うようになった。なんだ、目玉やきみたいなもの、といわれそうだが、私には理想の目玉やきというものがあるのだ。お月さまの中ほどはあるかなきかの薄皮が張る半熟で、その周辺は固まるか固まらぬかの、微妙な熟《う》れ色でなければならない。

それを箸《はし》で割ったりすると中からトローリとおいしさが流れ出るから、割らずにそのままを口の中に入れたい。白身に塗りつけて食べるなんて、黄身に対して失礼だという気持である。まして皿に流れたのを「なめる」など、言語道断だ。

我が家の七つの孫も目玉やきが大好きだ。やはり白身から先に食べている。

「どうして黄身を食べないの」

わかっているがわざとそういう。すると孫はやっぱりこういった。

「だっておたのしみにとってあるんだもん」

この頃、卵の味は変わってしまった。香《かおり》がなくなった。しかし目玉の味は変わっても、子供の気持は何十年も変わらないのである。

てんむすを讃える

以前は暑いにつけ寒いにつけ、今日は湯豆腐が食べたいとか、今日は冷奴がいいなどといったものである。特別に豆腐が好きというわけではないが、つまりかつては季節によってあれこれ食べたいものがあったという意味である。

だがこの頃は食べるものは何でもいいという気持になった。これが年をとるということなのだと思いつつ。パリパリの新米の、固からず柔らかからず、テラテラと光って粒が立っている炊きたてのご飯と、葱《ねぎ》と油揚の味噌汁があれば、お菜は何でもいい。昨日の、いやおとといの残り物でも結構というあんばいである。

そんな私だが、自分から進んで買い求める食べものが一つだけある。「てんむす」である。小さなおむすびからエビのてんぷらが覗《のぞ》いていて、胴中をのりで巻いてあるだけの可愛らしいおむすびだ。

初め「てんむす」なるものの話を聞いた時、エビ天のおむすび？　そんなアブラっぽいものがうまいわけがない、などといっていたのだが、ある日土産に貰《もら》って一口食べてから大いに気に入った。今は「てんむす評論家」になろうかと考えているほどである。

東京駅を通る時、私は必ず大丸で「てんむす」を買う。今のところここの「すえひろの天むす」が一番気に入っているのだ。ここの「てんむす」は一見他のてんむすと同じように見えるが、大きさ、形にそれとはわからぬ工夫が凝《こ》らされているように思う。それはあるいは握り方の加減によるものかもしれない。何よりお米と、塩加減がいい。エビが大きすぎないのがいい。てんぷらの油が口に残ったりしないのもいい。

それにしてもおむすびというさっぱりしたものと、てんぷらというさっぱりしないものとを組み合せて握るというこの卓越した発想を、いったいどんな人が何をヒントに考えだしたのか、「てんむす評論家」を目ざす私としては是非知りたいものである。

悲しいカステラ

子供の頃、私は大食いだった。特に菓子類は一日中、暇さえあれば食べていた。何が好き、ということはなく、母が買い置きしているものがなくなるまで、飽きもせずに食べていた。グリコ、塩煎餅《しおせんべい》、ピーナッツのたぐいである。

我が家には「お客用かつお父さん用」という菓子があり、それは「子供用菓子」とは別の上等の棚に、塗りの菓子器に入れられて納まっていた。「子供用」は缶に入れられて、いつも長火鉢の前に坐っている母の、背中の所にある三尺の押し入れにしまわれていた。そこには「子供用」のほかに「犬用菓子」もあった。それは一番安いビスケットである。母が留守の時にその押し入れの中の菓子を食べ尽し、犬用のビスケットまで食べてしまったことがある。奈良へ遊びにいった時は鹿の煎餅も食べた。

口に入るものなら何でもいい、というあんばいだったが、一度でいい飽きるほど食べたいと思うのがカステラだった。カステラは常に「お客用」の棚に入っている。それを横目で睨《にら》みながら、仕方なく犬のビスケットを食べたこと幾たびか。

ある日、どこかのおじいさんのお客が来た。客間ではなく居間に坐っている。おじいさんの前にはカステラが出ている。私は横目にそれを見ながらおじいさんの横に坐った。その時居間にはなぜか誰もいなかった。五つか、六つくらいの時のことだったと思う。

多分私の目はカステラに注がれたまま動かなかったのだろう。おじいさんは黙って自分の前のカステラを私にさし出した。私はそれを受け取り、急いで居間を出て(母の来ないうちに)廊下で食べた。

その後、母が父に話しているのを聞いて、おじいさんは金を借りに来ていたことを私は知った。あの人には何度も貸したが返ったためしがない、と母がおじいさんのことをクソミソにいうのが私は悲しかった。「あの人はええ人や」といいたかったが、いえなかった。

今でもおじいさんをいい人だと思う気持に変わりはない。

幻のラーメン

もう五十年近くも前のことになる。その頃私は小説家を志したものの一向に芽が出ず、仕事もなく、同じような文学仲間たちと用もないのに渋谷界隈をうろうろして暇を潰していた。

仲間の中にはパチンコ好き——というよりもパチンコの景品でパンツや靴下などの生活必需品を得なければならないという境遇の人がいて、私も仕方なくそれにつき合っていた。とにかく皆、金も仕事もなかったのだ。金がなければ家にじっとしていればよさそうなものなのに、仲間恋しくて出かける。街へ出るとお腹《なか》が空《す》く。

その頃、道玄坂の中ほどに北京亭という中華料理屋があって、主人は出っぱった下腹に前掛けを引っかけた無愛想な中国人だったが、そこの一杯五十円のラーメンがトビキリおいしかった。そのラーメンの特徴はモヤシ、キクラゲ、葱、豚バラなどがごたごたと入っているもので、あとにも先にもあんなにうまいラーメンは食べたことがないと今でも私は思っている。

北京亭で我々はそれ以外の料理を食べたことがなかった。我々が入っていくと、店の女の子は注文を聞かないうちから、

「ラーメン、×つ……」

と調理場に向って叫んだものである。たまには、

「いや、ラーメンじゃない。今日はチャーハンだ」

くらいいいたかったが、誰もいわなかったのは懐《ふところ》事情もあるにはあったが、それよりも何といってもラーメンのおいしさに堪能《たんのう》させるものがあったからだ。

テレビでラーメンの番組を見るたびに、私は北京亭のラーメンのおいしかったことをしゃべり立てずにはいられない。すると人は、

「それはその頃、あんまりおいしいものを食べていなかったからじゃないの。今、食べるとちがうかもよ」

という。あるいはそうかもしれない。だが私にとって「北京亭のラーメン」は何といわれてもやはり日本一なのである。

昔のトリ

同年代の友達と食べものの話をすると、必ず昔の××はおいしかったわねえ、という話になる。昔の大根、昔の胡瓜《きゅうり》、昔の茄子《なす》、昔の葱、昔の卵、昔の鰻《うなぎ》、昔のトリ肉……と、どんどん出てくる。それから今の若い人は可哀そうだわ、本当の味というものを知らなくて、という意見と、いや、幸せかもよ、こういうものだと思って満足して食べてるんだから、という意見に分かれる。

しかし、よく考えてみれば昔は何もかもがおいしかったかというと、必ずしもそうではなかった。昔のトリ肉はおいしかったというが、私の記憶では、我が家でのトリ鍋《なべ》の時は、うまいかまずいかよりもまず、かたいか柔らかいかが問題だった。

「あッ、今日のは柔らかだよ！」

最初の一キレを食べた父が大発見でもしたようにいうと、母は「よかった、よかった」と弾んで私たち子供の皿に取り分けてくれたものだった。牛肉もそうだった。父はナイフを握って皿のステーキと格闘しつつ、

「なんだ、この肉は！　まるで古草履《ふるぞうり》だ！」

と叫んでいた（今なら「靴の底」というところだが）。そんな話をすると友人たちも口々に、確かにね、かたいことはかたかった、と認める。しかし、しっかり噛《か》んでいるうちに、だんだん味が出てきて、確かにこれはトリの味だ、と思えてきたわ。それにくらべると今のトリは柔らかいのが取柄、トリ本来の味なんて何もないわ、とやっぱり「昔のトリ」の肩を持つ。

本来の味？　私にはそれがどんな味だったか思い出せない。噛んでも噛んでも繊維がこなれず、いつ呑み込めばいいのかわからず、吐き出すと「勿体《もったい》ない」といわれるから出すわけにもいかず、困り果てたことしか憶えていない。そんなトリや牛肉を食べなければならなかったのは、あるいは我が家の経済事情によるものだったのかもしれないが。

「滋養だけ吸うといたらよろしいのや」

と手伝いのおばさんはよくいっていた。あのトリ肉をもう一度私は食べてみたい。

ひっくり返したよう！

子供の頃、何が好物だったかと訊かれたが、これといって思い浮かばない。特別に好きなものもなく、嫌いなものもなかったような気がする。馴染《なじ》みの食べものは「卵かけご飯」と鰹節を混ぜた「ネコ飯」。それにご飯を味つけのりで巻いたものくらいである。

母はおかずを考えるのが面倒くさいと、すぐ鍋モノにした。姉と私は声を揃えて、

「またおナベェ……」

といったものである。

父は鰈《かれい》の塩焼が好きだった。一匹づけのそれが膳《ぜん》に出ているのを見ると、必ず「お父さんの子供の頃は……」が始まった。だが、その話はもう何度も聞いているので、話の先はもうわかっている。明治の初めの東北の暮しはそれは貧しいものだ

った。鰈の一匹づけなどおいそれと口に入るものではなく、客のもてなしに出すものと決まっていた。

ある家で客があり、鰈の塩焼を用意した。子供がそれを見てオイラも食べたいと泣いたので母親がこういった。お客は鰈の表だけ食べて裏は必ず残すから、そしたらお前が食べればいい、と。客が鰈を食べるのは片身だけであとはその家のために残しておくのが「客の心得」というものだった。それほど貧しい時代だったのだ。

子供は障子に穴を開けて、客が食べるのを見ていたが突然、大声で叫んだ。

「あッ！　ひっくり返したよう！　ひっくり返したよう！」

客は「心得」を破って鰈をひっくり返し、裏側を食べ出したのだ。

「ひっくり返したよう！」で父の話は終り、「アッハッハッハァ」と大笑いをしたが、その目にはいつも涙が光っていた。

鰈を見ると私は「ひっくり返したよう！」という子供の甲高《かんだか》い声が聞こえてくるような気がする。子供の頃は「また始まった」と思いながら聞いていた話だが、今は「ひっくり返したよう！」と叫んだ子供の驚愕《きようがく》がわかる。笑いつつ流した父の涙に籠るものも。

そうして、ここまで来た

そうして、ここまで来た

私と同年輩の友人が遊びに来て、こんな話をした。彼女の親戚の家で庭の柿の実が色づいた。七十二になるおばあさんが縁側でそれを眺めつつ、傍の大学生の孫に話しかけた。

「柿が色づいたねえ」

孫は「そうだねえ」と答えた。

二、三日しておばあさんはまたいった。

「あの柿はおいしいんだよ」

「そうかい」と孫はいった。

翌日、おばあさんはいった。

「烏《からす》に食べさせてしまうのも勿体《もったい》ないねえ」

孫は「そうだね」といってから、「ぼく、出かけてくる」といって立ち上った。

次の瞬間、おばあさんは飛び上って、孫の頰を叩いていた。というのもおばあさんは小柄で、孫は大男だったからだ。

なぜいきなり叩かれたのか、孫にはわからない。わからないから気色《けしき》ばんだ。孫はおばあさんに喰ってかかり、おばあさんは孫がなぜ叩かれたのかがわからないことで、ますます怒った。

「お前のようなバカは叩くよりしょうがないんだ！」

とおばあさんはいき巻いた。

私と一緒にその話を聞いていた三十代の女性は、そのおばあさんの要求は高級すぎます、といった。今の若い者は遠廻しにいったってわかりっこない、はっきり柿を取りなさい、といえばそれでことはすんだのに、といった。だが私は思う。はっきりいえばいったで、孫は「いやだよ」（あるいは「柿なんて買えばいいじゃないか」）といって、もっと強く叩かれることになるんじゃないかと。

するともう一人の女性がしみじみいった。

「でもおとなしいお孫さんでよかったわねえ」

へたをするとおばあさんは殺されているかもしれない、というのである。笑いごとではない。今は真顔でそんな心配をする。

何年か前までは暴力や殺人はそれなりの事情が積み重なって、その揚句《あげく》に、手が下されるものだった。だから人の怨《うら》みを買うようなことはせず、親切を心がけて正しく生きていれば難に遭《あ》うことはないと考えられていた。だが今の世は心がけとは関係なく、いきなり殺される危険に満ちている。たまたまその道を歩いていた、それがいけなかったということになる。それを「キレる」という言葉が表現している。

なぜ彼らはキレるのか？　答は簡単。我慢の力が育っていないからである。

この世は矛盾と不如意に満ちている。生きるとは思うままにならない現実を耐えるということだ。それを今の子供は知らない。自分の思うことはすべて通るもの、通すべきものだと彼らは思い込んでいる。だから思い通りにならないとキレるのだ。昔は殿サマや金持ちのドラ息子にそういうのがいたが、今は皆が「殿サマの子」みたいだ。相手が親であろうと先生であろうと、気に入らなければ何をするか、キレる瞬間まで子供自身もわからないといったあんばいである。

だがそんな子供を責めてもしょうがないのである。彼らは「子供は叱ってはならない、不自由をさせてはならない」と思い込んでいる親によって、そう育てられたのである。

日本が戦争に敗れて暫《しばら》くすると、児童福祉法というものが出来、今までの日本は子供を粗末にしすぎた、親の思い通りにしてきた、もっと子供の人格を認めなければならない、という風潮が湧き起り、子供に新聞配達をさせてはいけない、芝居の子役もサーカスもいけない。あれいけないこれいけないといけない尽しになった。そして児童心理学というものが盛んになって、おとなは常に子供の気持を理解しなければならないということが子育ての金科玉条になった。

いうまでもなく子供を育てる上に理解は重要である。だが「理解する」ことと、「子供の気持になって何でも許す」こととは違うのだ。子供の気持はわかっているが、しかしそれを無視する場合が必要だと私は思う。我々は子供の頃、親や教師の無理解を不満に思いつつ、それによって鍛えられた。口惜し涙を拭きつつ耐えた。諦めた。それに馴れた。そうして不条理の満ちているこの世を生きて行くための耐性を身につけたのではなかったか。それが家庭のしつけ、教育になっていたのではなかったか。

日本の経済成長と一緒に「子供天国」が始まった。ジジババは大事にしなくても、子供は大切に、という風潮が年を追うごとに強まってきた。

その時代に育った親が今の子供を育てているのである。欲しいものは何でも与えられ、理解され、叱られず、楽しいことが当り前に育った子供が、抑制が利かなくなるのは自然の流れである。

これからは心の教育をするといった文部大臣がいるが、子供の教育を考える前に、戦後教育の反省をして、まず親の心の教育を考えた方がいい。

無口のわけ

ある雑誌で「明治の男」についての特集があり、私の父が明治七年生れで、明治男の見本のような人間らしいということで私はインタビューを受けた。インタビュアは二十代後半と思われる女性である。私はこういう話をした。

私が三、四歳頃のことである。中学生だった兄が、ある朝、畳の上に広げた新聞を四《よつ》ン這《ば》いのような格好で読んでいた。父は坐卓の向こう正面でのんびりとお茶を飲みながら、

「おい、弥《わたる》——」

と兄の名前を呼んだ。兄は新聞の上に蔽《おお》いかぶさるような形のまま、

「うーん?」

と返事をした。

「弥——」

　とまた父はいった。間を置いて兄が、

「うーん？」

　といった。次の瞬間、父は「飛鳥《ひちょう》の早わざ」というのはこういうさまをいうのではないかと思えるような勢いで飛び上ったかと思うと、一瞬後には兄のそばに来ていて、襟がみを摑《つか》むや力まかせに引き上げてポカポカと殴った。

「何だ、その態度は！」

　と父は怒鳴った……。

　そんな話をして私はインタビュアにいった。

「こういう男なんですよ。明治の男というのは」

「はあ……すごいですねえ」

　とインタビュアはいった。

「そんなことで殴るんですか」

「それが父が考えている教育というものだったんですよ。何かというとすぐに殴るのね。痛い思いをして解《わか》れ、というわけですよ。うちにいた書生は顔に薄白くバニシングクリームというのをつけたというので殴られました。しかし女性はどんなことがあっても殴ってはいけない、といっていました。なぜなら女は弱いものだから、男が守らなければならないものだからという考えですね」

「はァ……なるほど」

とインタビュアは頷いた。

数日後、彼女がまとめたインタビュー原稿が送られて来た。中にこうある。

「私の兄が畳の上で新聞を読んでいましたら、父が怒って殴りました……」

私は驚いた。いくら明治の男が専横だといっても、畳の上で新聞を読んだからといって殴りつけるのはムチャだ。私はインタビュアに電話をかけた。

「あのねえ、父はね、兄が無精たらしく『うーん』という返事をしたので、それに対して怒ったんですよ。これじゃ説明が足りませんね」

「そうですか」

と彼女はいっただけである。「そうですか」って……。やっぱりここは、ちょっと驚いて恐縮してほしいところである。だが彼女は「そうですか」といったきり何もいわない。私のいったことの意味がわからないのか？　仕方なく私は重ねていった。

「名前を呼ばれて『うーん』と返事をした……。その返事がいけないというんですよ。親に向って『うーん』とは何ごとか。『ハイ』といわなくちゃいけない……。そこが抜けたらまったく、意味の通らない話になってしまうでしょう？」

「はあ」

と彼女はいった。何だか釈然としないように推測される。

電話を切ってから私は考えた。そして気がついた。多分彼女は「畳の上に新聞を広げて読む」ことが、明治の男には許せないのだと思いこんでいたのだ。そういう時代だったのだ、と。だからその通りに書いた。明治の男ってそんなんだったんだねえ、と思いこんで。なのに説明不足といわれた。釈然としないのはそのためではなかったのか？

もはや「明治は遠くなりにけり」どころではない。彼女にとって明治は歴史の混沌の中に沈んでいて、理解を越える怪奇な男——畳の上で新聞を読んだだけで殴りつけるような横暴な男が平気で棲息していた時代なのだ。

私は憮然《ぶぜん》としてもう一度、原稿を読み返した。するとこういう一行が目についた。

「母は茶の間の長火鉢の前で、ヤカンのお湯をチンチンと沸かして父が書斎から出て来るのを待っていました」

ヤカンのお湯はチンチンと沸くか？　チンチンと鳴るのは鉄瓶である。確か私はインタビューの際、「母は茶の間の長火鉢の前に坐って、鉄瓶にお湯を沸かして、いつ父が来てもすぐにお茶を淹《い》れられるようにしていました」といったはずだ。「チンチンと」は彼女が趣味（？）で挿入した言葉である。

その後たまたま来た若い女性に私はその話をした。

「ヤカンがチンチンてことはないでしょう……」

私としてはここでアハハと笑ってほしいところだった。だが彼女はキョトンとしている。笑いかけた口もとを引き締めて私はいった。

「ヤカンと鉄瓶は違うのよ……」

その違いについての説明をする気は、もうなかった。若い人がやって来ると私はだんだん無口になる。彼女たちに罪があるわけではないが、と思いながら面白くない。

赤頭巾ちゃん、気をつけて

かつて私はフランス映画やアメリカ映画の中で、たった今会ったばかりの男女が、次の場面ではもうホテルのベッドの中にいるのを見て、釈然とせぬ思いに捉われることがよくあった。わかり易くいうと、

「男と女って、そんな簡単にネルの？」

という疑問である。映画は絵空事であるとはいえ、これではあまりに簡単過ぎるじゃないか、製作上のご都合主義ではないかと思ったり、あるいは絵空事ではなく、これはアチラの男と女の現実なのかも、と考えたり、どう思っても素直に信じられなかったのだ。

といって私は特別に潔癖な人間でもなく、別格の教育を受けた「良家の子女」でもない。私が育った時代の風潮の中に、女の貞操に対する厳しい社会通念があった

だけのことである。

いくらハンサムで魅力的な人柄の男だからといって、どこの何者とも知れぬ男と今会ってすぐ（あるいは次に会った時）早くもベッドを共にするという事態がどうしても納得出来ない。「一目ボレ」というのは昔からあったが、「一目ヤリ」というのは、よくよく奔放な女性でなければなかった。そしてそういう人は世間から（非難と一緒にある種の羨望《せんぼう》が籠っていたかもしれないが）「不良」「淫奔《いんぽん》」のそしりを受けたのである。

つらつら世情を眺めれば、かつてのフランス、アメリカ映画の光景は絵空事ではなかったらしいと思えてくる。日本の若い女性は驚くほど簡単に、やすやすと男の誘いに乗っているようだ。つい昨日のことだが、二人の若い女性が行きずりの男の誘われて車に乗り、乱暴されそうになって漸《ようや》く脱出したという新聞記事を読んだ。いつだったかは男の車に乗って、ヤセ薬だか美容の薬だったか、とにかく男が勧める薬を不用意に飲んで、もうろうとしてホテルに連れ込まれ、気がついたら財布の金がなくなっていたり、中には殺された女性もいたという事件があった。イタリアだったかで、イタリア男の口車に乗ってその男の家へ付いて行き、ひどい目に遭った女子学生。かと思うとゲームセンターで知り合って、すぐ愛人関係になり、間もなくいやになって別れようとしたら、執拗につきまとわれ、ついには殺されてしまっった女子大生もいる。

「どうしてこう、無考えについて行くのかしらねえ」

と我らばあさん連中は集まるといい合う。

「どこの何者か、いい人かどうかもわからない男と、どうしてすぐにこういうことが出来るのかねえ」

「姿顔だちよりも、まず相手の氏素姓ですよ、それも知らないうちに、とてもついて行く気なんかしないけどねえ……」

「わたしは趣味は何か、どんなものを食べているか、その食べ方とか、それを知ってからじゃないとイヤ」

とまでいう人がいる。

「男は狼」だという観念を我々は叩き込まれていた。だから男に酷い目に遭ったという話を聞くと、同情されるどころか、

「だから、いわんこっちゃない。気をつけてないからそういうことになる」

「フカフカしてるからよ！」

と悪口いわれるのがオチだった。

赤頭巾ちゃんの話はそのよいお手本だったのだ。道草をくわないで真直におばあちゃんのお家へ行きなさいよ、とお母さんにいわれていたのに、赤頭巾ちゃんは花を摘んだりしていて狼に話しかけられ、うかうか答えたために狼に食べられてしまった。しかしこれは狼が悪いのではなく、赤頭巾ちゃんがいけないのである。

男女平等の掛声によって女性はどんどん強くなり、男を狼だと思わなくなった。男は羊だとナメるようになった。しかも愛とセックスを別モノとして考えるようになったから、その時々の気分でセックスする。「肌身を汚す」なんて言葉は死語である。「わたしをあげる」という台詞がひと頃はやったことがあったが、もはや「あげる」という発想はなくなった。

男女の間柄はあくまで対等であるから実にさっぱりと、××くんと「した」ですませる。時々は「させてやった」というのもあるかもしれない。

なりゆきでセックスして、妊娠したから結婚するのを「出来ちゃった婚」というそうだ。なりゆき婚であるからそのうちなりゆきの破綻《はたん》がくる。そしてたいてい女が子供を抱えて別れることになる。唯一の救いといえば泣きの涙で母子心中を図るといった修羅場《しゅらば》がないことだが、なりゆきで生れた子供こそいい迷惑なのである。

男という狼は一見、羊になったようだが、羊になりきれずに満月の夜になると、狼に戻ってしまう羊がそこここにいると思った方がいい。いくら女が強くなっても狼にはなれぬように、狼の方もいくら弱くなっても羊にはなり切れぬのである。

男はたいへん

過日、読売新聞紙上に「夫が妊娠を疑似体験」という見出しを見つけた。「保健センター教材使い講習、育児参加の契機に」という添え書きがある。本文はこうだ。「ベストのように着るだけで男性でも妊娠を疑似体験出来るユニークな教材『妊娠シミュレーター』が自治体の保健センターなどに普及し始めている。腰痛や息苦しさといった、妊娠が体に及ぼす影響を実感出来るため、夫が妻の体を理解し子育てに参加するきっかけにもなると出産前教室で活用されている。このシミュレーターは水袋と金属球二個を砂袋に詰めた重さ十三・六キロの特製ベスト。妊婦のようにおなかの部分が大きく膨らんでいる」

これをつけて歩いたり寝転んだりしたある夫は「こんなに重いのか」と驚いたと記事にある。

「ただ重いだけでなくベルトで胸を締めつけるようになっていて大きく息が吸えない。下腹部に取り付けた砂袋は膀胱を圧迫する。おなかが膨らんでいるので階段では足元が見えない。羊水を模した水袋の中には振子がぶら下っていて、歩くと揺れて腹部にぶつかり胎動がわかる。金属球が腹に押しつけられて胎児の手足が突っ張っているように感じる」といった手の込んだもので、それを夫に体験させた妻は「たいへんさを夫にわかってもらえて嬉しかった」と話したという。

女は強くなったのではなかったのか？　男性への依存を捨て自立を志向しているのではなかったか？

夫にそんなものを着せて、「女ってたいへんなんだねえ」といってもらってそれが嬉しいとは、いつからそんな甘ったれになったのだろう。

我々「昔の日本女性」は妊娠出産の苦しみを夫にわからせたいなどとフヤケたことを考えたりしなかった。夫が理解しようとしまいと女である限り、それは自分一人で背負わねばならぬ責務、女の宿命だと認識していた。夫たちの方も大多数はそれを当り前のことと思い、心配もせず（内心していたかもしれないが面《おもて》には出さず）、いたわりもせず、いざ出産が始まると妻の産みの苦しみを見ている度胸がなくて逃げ出したものだ。普段は威張っていても、男というものは弱虫であることを妻は知る。知って笑った。責めたり怒ったりしない。堂々と（泣く泣くではない）孤独の戦いに臨んだ。女の人生とはそういうものだと自覚して踏ん張った。泣きごとをいわずに耐えることに女の誇りを掲げた。

こういうと今の若い女性は「だからこそ我々は男の専横に対抗して真の男女平等を実現しなければならないのだ」と大声を上げるだろう。確かに男社会の真っただ中で我々は「割に合わない」「不平等」な男の仕打ちに耐えさせられることが多かった。だから女性の社会的地位や職業上の差別などの不平等と闘おうとするのは当然である。

だが妊娠出産は神から女性に与えられた使命である。男社会が作った不平等ではない。妊娠出産の長く辛い我慢の後、今までの苦しみは嘘のようにかき消えて、裂けた雲間からこぼれ落ちてくる清々しい日の光に、今自分が産み出した嬰児と共にくるまれるという至福の時を与えられる。そのやすらぎ、歓びは神からのご褒美《ほうび》である。苦しみの後には至福がくる。それを信じて我々は子供を産むための苦しみを甘受した。男にはサカダチしても味わえぬ歓びを女は知っている。それが連綿とつづく女の歴史だったのだ。男にハラボテの胴着を着せて「女ってたいへんなんだねえ」といわせて、いったいそれが何だというのだろう。

この頃、若い主婦が「夫が育児に協力しない」と不満をいうのをよく聞く。「私は一日中家事と子供の世話に明け暮れている。にもかかわらず夫は会社から帰って来ても何も手伝おうとしない。私はストレスで爆発しそうになっているのに気がつきもしない。夫婦である以上、夫も子供の世話をするべきだ」という。

そこであなたのいい分に対してご主人は何と答えたかと問うと、「黙ってムクレている時とオレだって働いてるんだという時と、黙々と子供のおしめを取り替えてる時もあります」。けれども心から協力しているという顔ではない、という。

憐れなるかな、今の夫。おしめを取り替える時の顔つきまで文句をつけられたんじゃたまったものではないだろう。これでは家へ帰っても会社の上司や得意先がいるようなものではないか（声あり。「上司の方がまだましです」）。夫だって（弱者なりに）妻子のために耐え難きを耐えて働いているのだ。だが妻の頭には「一日中家事と子供の世話でクタクタになっている自分」のことしかない。

夫が反駁《はんばく》しないのは反駁する力もないほど疲れているのか、反駁しても負けることはわかっているから沈黙しているのか、それともただのアカンタレになったのかはわからないが、その上にハラボテ胴着を着せられて「女ってたいへんなんだね」といわなければならぬとは……。あのけなげな日本の女はどうしてこんなに甘ったれになったのだろう。

人は暴力夫というけれど

テレビの視聴者参加番組を見ていると、夫の暴力を訴える妻が多いことに驚かされる。「暴力を振う夫（父）」は五十四年前、戦争に負けるまでは珍らしくなかった。その頃の家庭の主《あるじ》には絶対の権力が与えられていたから、些細《ささい》なことで殴る男が問題になることはなかったのだ。

私が子供の頃、隣家の小学校六年生の「お兄さん」は毎日のようにお父さんから殴られていた。理由は「勉強が出来ない」ということだったらしい。昔の少年は皆、坊主刈である。坊主刈というものは頭の形が如実に現れるもので、このお兄さんは見事な「二重アタマ」だった。二重アタマというのは前頭の上に後頭部がせり上って段になっている頭のことをいう。隣りのお父さんはこの二重アタマを力いっぱいボカッ、ボカッと殴っていた。家の人は誰も止《と》めない。お兄さんも手向《てむか》わず逃げもせず、まるで坐禅の坊さんみたいだった。それくらい家長の暴力は許されていたのである。私の父なども、女は（弱いものだから）殴ってはいかん、男の子は殴って強く育てるものだ、と平然といっていた。

そんな通念に終止符が打たれたのは戦争に負け、アメリカから男女平等、民主主義を教えられたお蔭である。かつて男がむやみに威張っていたのは、権力意識というものだったのだろう。その意識改革がなされて行くのに比例して、妻の方に権利意識が生れた。昔は男が握っていた財布を、今は妻が握っている。妻は夫の浮気に泣くものと決まっていたのに、泣かずに離婚と慰謝料を要求する。あるいは自分も負けずに浮気をする。

そんな時代になったというのに、今も夫の暴力に泣いている妻が少くないというのだ。男にはまだ、それだけの元気が残っていたのねェ、と喜んでいいのか哀《かな》しんでいいのかわからないといった顔つきで呟いたのは、戦前の通念の名残りを引き摺《ず》っている古くからの友人である。しかしよく考えてみると今の夫の暴力はかつての権力意識なんてものではなく、「窮鼠猫《きゅうそ》を咬む」といった体《てい》の「弱者の我慢が積み重なっての爆発」ではないかという結論になったのであった。

今から三十年ばかり前、私はメディアから「男性評論家」という肩書きをつけられたほど、男の悪口をいうことで知られていた。私の中には明治の男である父を見て育ったため、ある種の「かくあるべき男性の姿」が理想としてある。しかし時代の流れにつれてその理想が無残に壊れていくのを見るにつけ、日本男子の将来を思って警告叱咤《しった》せずにはいられなかったのだ。それから三十有余年、男性は私が心配した通りになり果てた。ただの働き蜂になった。自分の楽しみを捨て、妻や子供の楽しみを自分の楽しみとすることに従い、男としての人生の夢、楽しみ、理想を捨てた。

昔は小学校で、夏休みの前など、先生が、「お勉強をすませた後はお母さんのお手伝いをよくしましょう。それを守れる人――」といえば生徒は、「ハーイ」と手を上げたものである。それが今は子供は王サマ。お父さんが「お母さんのお手伝い」をしなければ叱られるのである。

それればかりか連休や夏休みになると王サマである子供のために、お父さんは運転手やポーターにならねばならない。小学校の運動会だというとたとえどんなに疲れていても早起きをして場所取りに行く。その上障害物競走なんかにかり出され、しかも嬉々とした顔つきにならなければ、なによ、あんな仏頂面《ぶっちょうづら》して、と後から女房に文句をいわれるから、無理をして「ワーッ、負けちゃったア」などと叫んでみせる。

お父さんはそんな日々に耐えているのである。そのうちに身体の奥底がモヤモヤ、ムズムズしてくる。そのうちそのモヤムズが溜りに溜ってどろどろと上へ上ってくる。それにつれて身体も顔も熱くなっていき、

バカーン！

大爆発が起る。殴る。蹴る。常々我慢している分量だけそれがつづく。口では負けるが力ではまだ勝てるのだ。

しかし悲しいかな、それで溜飲は下がらないのだ。女房は例えば「女性の幸せを創る会」などへ訴える。新聞に投稿する。テレビ相談に出演する。すると世間はみんな（仲間の筈の男まで）女房の味方をする。「これは日頃、ガマンにガマンを重ねた末のことでして」などとはとてもいえない空気である。一方的に「暴力夫」と決めつけられ「女性の敵」になってしまう。

何ごとも分析分析の世の中である。殺人鬼の生いたちや心理分析までして理解し

よう、せねばならぬ、と考える人が増えている。にもかかわらず、夫の暴力についてては誰も考えようとしないのはなぜだろう。男はエライから、父は強いから、何も配慮する必要はないと女たちが思っていたのは、男が本当に強くて威張っていた時代のことなのに。小学校でやたらに弱い子を虐《いじ》めている生徒について、「彼にも欲求不満があるんですよ、それが何であるかをみんなで考えましょう」と先生や父母がいい合っている。それに賛成しながら、

「子供だけじゃない！　オレだって……」

と心に叫んでいるお父さんが多分いる筈です。

前代未聞

十月末の土曜日、ひと仕事終えて何げなくテレビをつけると、人も車の気配もない田舎道といった広い道を、何人かの男性がうろうろしながら、

「アオモリィ……アオモリィ……」

と叫んでいる様子が映し出されてきた。目的なしにテレビをつけただけなので、何の番組かわからなかったが、そのうちどうやら駅伝の中継放送らしいことがわかってきた。

やがて道の向こうに小さくランナーの姿が見え、みるみる近づいて来る。

「アオモリィ……アオモリィ……」

と係員らは必死である。つまり中継のスタート地点で走って来るランナーを迎えるべき次の走者がいないのだ。係員たち、右往左往する。

「あっ、とうとう来てしまいました……」

とアナウンサー。前走者は遂に到着してしまったのだ。タスキを渡すべき相手がいないので呆然としている。係員たちは、

「アオモリィ……アオモリィ……」

と走り廻るばかり。ランナーは頭を抱えて道端にうずくまってしまった。その時、

「あッ、いた、いた！……」

という声と共に画面は動き、道の向こうに見える簡素な木造の建物から一人の青年が来るのが見えた。トレーニングウエアを着ている。これから何キロも走るランナーの格好ではない。行方不明のランナーを捜している部員かと思ったが、さにあらず、このトレパン男はここから走るべき当人だったのだ。

何が何やら見ている方はわけがわからない。アナウンサーもわけがわからないから説明が出来ない。係員が近づいて行って何やら話している。急に腹痛でも起きたのか？　下痢が始まったとしたらそれは走るどころではあるまい。いずれにせよ、ここで出場は打ち切りになるだろうと思いながら私は見ていた。

すると、道端にうずくまっていたランナーが立ち上って、ユニホームを脱ぎ出し

たではないか。どうやらトレパン君はユニホームがないらしい。そのため前走者のユニホームを急遽《きゅうきょ》着ることになったのだ。気の毒に、前走者は江刺《えさし》から十二・六キロの道を必死で走って来た揚句に、ここで身ぐるみ剝がされることになったのである。

トレパン君はトレパンを脱ぎ、前走者のユニホームの、汗でグショグショになったやつを着、タスキをかけて走り出した（さぞかしキモチが悪いだろうなあ）。彼がどんな顔をして走っているか、私はそれが見たかったのだが、走り出す後姿を映したきり、テレビ画面は先頭集団へと移り、二度と彼の姿は現れなかった。

翌日の新聞を楽しみに開くと、

「二十六区青森〝悪夢〟

時間勘違い　ユニホームもなし」

と、わかり易い見出しで出ていた。

トレパン君は時間を勘違いして、出走の時が迫っているのも知らず練習に精出していたのだ。おまけにユニホームを入れたバッグを選手輸送車が運び去っていたのだという。

本来ならこの時点で失格になるところだが、大会本部側の「温情」で走ることが出来たのだそうだ。時間をどう勘違いしていたのか、ユニホームを入れたバッグはどういう経緯で輸送車に運び去られてしまったのかはわからぬままである。「前代未聞の珍事」と新聞は書いていたが、ここで「温情をかける」というのも「前代未聞」ではないか。

たまたま来合せた大学生にこの話をすると、

「温情ねえ……。けどランナーにしてみれば温情なんか却《かえ》って迷惑だったんじゃないですかァ？　失格にしてほしいと思ってたんじゃないかなァ」

「あなたがランナーだったらそう思う？」

「思うスね。その方が助かる……」

そういう意見もまた「前代未聞」だと私などは思うのだが、そういうと彼は、

「そうスかァ？」

といっただけだった。

どうもこの頃、「前代未聞」が多過ぎる。病院で医師が患者を取り違えて手術をしたという事件が発覚した時、前代未聞のミスだといって我々は驚愕した。東海村

でウランをバケツで運んだという事件も「前代未聞」のいい加減さである。大学の入試問題を従来よりも程度を落さなければ入学許可を出せる学生がいなくなるという問題も前代未聞である。

だが新幹線のトンネルの天井があちこちで剝げ落ちてくるに到っては、もう前代未聞だなどと驚きはしない。何が起きても当り前の世の中になったのだ。

つまりこれら前代未聞の現象は日本人が前代未聞の人間に変質して来たということであろう。考えることをやめた日本人、責任も恥もない日本人が「前代未聞」の事件を引き起している。そのうちこの機械文明の中では「前代未聞」がすべて「普通」のことになってしまい、責任や恥のために刻苦する人間は「前代未聞」の人といわれるようになるのかも。

精子の行方

男性の性欲が減退し、無精子症が増えているというニュースを新聞で読んだ。男性の女性化がいわれ出して十年か、二十年か。ついにここへ来たかという思いがある。だからいわんこっちゃない、と思わず口に出たが、何が「いわんこっちゃない」のか自分でもよくわからない。

これは自然の趨勢《すうせい》というべきか。神は文明の進歩と共に人間が行きつく果てを警告しておられるのか、地球は自分の上に乗っかっている人類の人口増加に悲鳴を上げて、人口を減少させて己れを守ろうとしはじめたのか、巷間《こうかん》いうところの世界終焉が始まっているのだろうか。

一、二年前から気がついていたことだが、かつては公衆便所やトンネルの壁などに、まるで必需装飾のように描かれていた落書き――あのワイセツな絵や文字が見当らなくなっている。私がよく行く海辺の町のトンネルにある落書きは、せいぜい相合傘とか、ミッチャン、アイしてる、というような女の子が書くような落書きになっている。あるトンネルでは富士山の絵が描かれていた。銭湯の壁絵じゃあるまいし。

人間は高い所に登ると下を見下ろしたくなるように、海や川を見れば石を投げたくなるように、人気《ひとけ》のない壁を見ると落書きをしたくなるものだ。殊《こと》にトンネル内の広い壁、人気のない薄暗がりは男の下腹部の鬱積を思う存分吐き出せる最適の場所の筈である。いくら男女平等の世の中になっても、女がワイセツな落書きをすることはない。これは男がするものと決まっていた。なぜ男がするのか？　子々孫々を遺すための「湧き立つ精子」を抱えている男の中には、その発散調節が思うにまかせぬ気の毒な手合がいて、トンネル、公衆便所の壁などに向うと、せめてもの哀しい発散を試みたくなったのであろう。

だが今や、それが富士山になったのだ。これは落書道に悖《もと》るものではないのか？　いったいどうなっちゃったんだ。男は性欲の発散調節の必要がなくなったのか。性が解放されたために淫靡《いんび》な楽しみが消えてしまったのか。男性の知性が高まり、抑制を身につけたわけではあるまいに、とあれこれ勘考していた折しも、ダイオキシンの影響で無精子、精子減少が増えているという報道を見て合点がいった。トンネルの富士山は男性の衰退を象徴するものだったのだ。

今に落書きはチューリップやニコニコ顔のお天道さまの絵になるのだろうか？　世の中からノゾキ、痴漢などが消え、ばあさんは思い出話に「昔はチカンというのがいてねえ」と語れば孫は「チカンてなに？」と訊き、説明されてもよくわからず、ばあさんは、「ああじれったいねえ」と怒る。

「あの頃はアメリカにエライ大統領がいたねえ。やれセクハラだ、女とどうしたこうしたって、年中問題になってた。たいした男だったたねえ」と褒《ほ》めたたえ、ついでにあれほど憎んだ浮気者のじいさんまで見直してしまうのかも。

今どきのコドモ

孫の桃子が小学校に入学して一カ月ばかり経った頃、母親である娘が浮かぬ顔でやって来た。どうやら学校で桃子がイジメにあっているらしいという。

まさか、と私はいった。入学してひと月も経つか経たぬかのうちからイジメが始まるとはとても想像出来ない。いったいどんなふうに苛《いじ》められているのかと訊くと、孫の帽子を隠したり、泥靴で靴を踏みにくる何トカちゃんという女の子がいるという。猫みたいでキモチわるい、といわれたという。

猫みたい？　なるほど。

と私は思った。だが口に出すとうるさいことになるから出さない。心の中でク、ク、と笑ってる。

しかしそれがどうしてイジメなの、と私はいった。それはイジメではなく、何トカちゃんはいたずらッ子だというだけのことではないのか？

イジメといたずらは違う。エネルギッシュな子供は、じっと静かにしていられず、絶えず何かしら動いたり、しゃべったりしていたいものだ。何トカちゃんは桃子にばかりそんなチョッカイを出すのではなく、ほかの子供にもいろいろやってるのじゃないのか？

だいたい、今はイジメイジメと騒ぎすぎる。イジメという言葉がそこいら中に飛び跳ねているものだから、子供は何でもかんでもイジメにしてしまう。親もまたイジメ過敏性になっていて、小指の先ほどのことでもイジメイジメと騒ぎ立てる。

私がそういうと娘は釈然とせぬ面持ちで、

「桃子はお母さんみたいに楽天的じゃないのよ、強かないのよ、感受性が鋭敏なのよ」

という。だからこそ、楽天的に考えることを教える必要があるんじゃないか。

私は桃子にいった。

「桃子の足踏んだりする何トカちゃんは、桃ちゃんにイジワルしてるんじゃないとおばあちゃんは思うんだけどね、きっと桃ちゃんが可愛いから、気を引いてるんだわ」

「気を引いてる」という言葉はまだ理解出来ないだろうと思うが、ほかにふさわしい言葉を思いつかないのでそういった。すると桃子はいった。

「ちがうよ」

「ちがう？　どうしてさ？」

「だって何トカちゃんは男の子じゃないもん……」

男の子じゃないし女だから、女の子の気を引いたりはしないというのか。

「男の子なら気を引くの？」

「うん」

これを利発というか、早熟というか。私は唖然《あぜん》として、

――おぬし、もうわかってるのか！

そう心に呟くのみであった。

それからひと月ばかりして、娘がいいに来た。

「あのイジメの件、やっぱりイジメじゃなかった。この頃、仲よしになってるの」

そうれごらん。だから「流行」に流されるなというのだ。今の母親が流される流行はファッションばかりではないのである。

楽屋うら

「何でもアリ」の時代だそうで、「なんぼなんでも」とためらうことはなくなったようである。人が来て、この頃は朝の電車の中で化粧を始める若い女が増えたという。

化粧水から始まってファンデーションをつけ、眉を描き、口紅を塗り、「マツゲひっくり返し」の道具でマツゲをひっくり返し、目をパチパチさせて仕上げを確かめるところまで、楽屋うらを晒《さら》け出して平気なんです、とその人は憤慨した。楽屋うらを見せないのが女のたしなみというものじゃないの。

「電車の中で平気でおにぎりとかパンを食べてますよ。ちゃんとウーロン茶まで用意して。汽車の旅ならいざ知らず、通勤の途中なんだからねえ……」

と別の人が受ける。

「電車の中は坐ってるけど、道を歩きながら食べてるのがいますよ」

「アメリカの学生がポップコーンの袋を抱えて、食べながら歩いてる青春映画があるでしょ。あれの真似ですよ」

「ポップコーンなら絵になってるかもしれないけど、こっちはアンパン、おにぎりだからねえ」

「ヤキイモ、タコヤキ」

「串団子」

と話は弾む。

「それに歩きながらタバコ吸ってる女の人が増えたわねえ」

「突貫工事の現場監督じゃあるまいしねえ。とにかくすべておかまいなしよ」

「この分では今に電車にシビンを持ち込んで平気でシャアシャアやるかもね」

「そうするとフレアーの多いロングスカートがはやる？」

「噴霧消臭剤も発達したことだし」

「シャーと出してシャーとひと噴き」

やり場のない憤慨はヤケクソの笑いに落すしかないといった趣である。

昔はばあさんが集まると嫁の悪口、とほぼ決まっていた。それが我が国の伝統的老女の楽しみだった。だが今は嫁の悪口を楽しみたくても核家族のおかげで悪口の分量に限度がある。

そこで目を広く世相に向ける。と、あるわあるわ、何しろテキは楽屋うら丸出しだから宝の山に入ったようなものだ。しかも相手は不特定多数であるから気らくである。昔は姑《しゅうとめ》が嫁の悪口をいうのと比例して嫁も姑の悪口をいった。そこで家の中は一見平和ながら、ひそかに爪を研《と》ぐ気配がどことなく漂っていたものである。だが、今の若い女性はばあさんのいうことなどどこ吹く風。無視黙殺しているから喧嘩にならないのである。そこで、

「まったく。日本はどうなるんでしょう」

「この分でいくと滅びます。やがてアメリカの属国になるでしょう」

「子供の教育を考える前に若い母親を教育せねば」

と悪口にあらず論評風になって、昔のばあさんに較べると何やら向上したように見えるが、それをめでたしめでたしといっていいのかどうか。ばあさんの一人である私には何だかうら悲しい。

昔々のおばあさん

ある冬の明け方、うつらうつらしていると突然背中が締めつけられて息も出来ないような苦痛に襲われた。七、八年前のことである。その苦痛は数分後には消えて平常に戻った。人に話すとそれは狭心症という病気ではないかといわれたが、私はのどもと過ぎれば熱さを忘れるタチで、そのまま気にも止めずに日を過ごした。

その時と同じ病状が最近何度か起きるようになり、この頃では背中が締めつけられるだけでなく、胸の方も締めつけられ暫《しばら》くは呼吸困難という有さまになる。しかしこれも数分辛抱していれば治まるのでこのために病院へ行くという面倒はしていない。七十六を過ぎたのだから、不調が出るのは当然だという思いがある。老い衰える――これが人間の（生物の）自然である。この頃は自然にさからって無理やり延命したり、外貌の若さを保つためにあれやこれやと手を打つのがはやりだが、所詮、生き物は死ぬのだからジタバタしてもしかたがないという気持が私にはある。老衰への道——あの世への道といってもいい——が愈々《いよいよ》狭心症という形で始まったのか。順調に衰えて行っているのだな。よしよし、という気持である。

若い女性のインタビュアにそんな感懐を述べると、彼女は言葉に窮して、半分笑いつつ、

「そんな……」

といったきり絶句した。若い人には到底わからぬ心境だろうから無理もないと思う。だが同い年の旧友は怒り出して、冗談にもそんなことをいってほしくない。これから老後を楽しもうとしている者に対して失礼だ、イヤミというものだ、という。

彼女はエネルギッシュで外向的な人で、七十の声を聞いても厚化粧をし、口紅をささずに人に（たとえ宅配便のオッサンに対してでも）顔を見せたことはないのを誇りにしている。ある日、彼女が道を歩いていると、丁度通りかかった八百屋の店先から蜜柑がゴロゴロ転がって来た。八百屋の親爺さんが蜜柑の箱を取り落したのである。なぜ取り落したかというと親爺さんは彼女に「見とれた」のだという。別の友達は「なにいってるの！　あまりの厚化粧に驚いたんじゃないの！　幸福な人

ね！」と怒る。この「幸福」には軽蔑が籠っているのはいうまでもない。

前者が正しいか後者が正しいか、は八百屋に訊かなければわからない。以前の私ならあて推量に情熱を燃やし、八百屋の親爺の顔を見に走ったりしたものだが、今はどうだっていい、二人とも気が若いなあと感心するだけだ。男が見とれようと驚こうとどっちだっていい。七十ばあさんが五十に見えようともどうということはない。今はそうかもしれないがやがては七十は七十らしくなるのだ。八十になっても、九十、百になっても五十に見える人がいるとしたら、それはバケモノであるから感心を通り越して怖くなるだろう。

「なんてことをいうの！　どうなっちゃったの、あんた」

と友達はいうが、昔々のおばあさんは皆、このような心境になって安らかに死んで行ったのである。

ブルドッグ歯と糸切歯

そもそも人間の歯というものは、上の歯が下の歯の前に出るものなのに、ブルドッグは下が上の歯を受ける形で前に出ている。子供の頃から私は「ブルドッグとおんなじ」とよくいわれた。ブルドッグと同じだから「受け口」である。ブルドッグは笑わないから受け口が目だたないが、人間は笑う。私は笑うと目立った。

その頃——私は今七十五歳であるから、今から六、七十年近くも昔の話になるが——確か江戸川乱歩の著作だと思うが、『黄金仮面』という小説が我が家で評判だった。私は子供だから読んでいなかったが、何でも黄金の仮面をかぶった悪者が登場して、不気味に笑うという場面がくり返し出てくるらしく、その情景描写は決まって「三日月形の口をして、エヘラエヘラと笑っているのであった」という文章だったらしい。私はよく笑う子供だったので、姉や兄は笑っている私を見ては、

「三日月形の口をして、エヘラエヘラと笑っているのであった……」

とからかった。その挿絵の黄金仮面の口は、三日月の端が頬にくい込むほどに湾曲しており、「わたしが笑うとこんな口になるのか……」と私は暗澹《あんたん》としたものであった。

小学校の高学年になると受け口を治す方法はないものかと、鏡を見てはエヘラエヘラと笑って研究したものである。そして顎をぐっと引いていればいくらか目立たなくなることがわかったが、かといって四六時中、顎を引いていることは出来ない。引いているつもりでも、いつか元に戻っているのである。

ある時、家中揃って写真を撮ることになった。今のようにどの家でも手軽にカメラを持っている時代ではないから、写真を撮る時は写真屋さんが出張して来て、特別に改まった気分になる。写真屋さんが、「ハイ、笑って」といえば笑うが、いわなければビクともせずに真面目な顔をレンズに向けて息を殺す、というあんばいだった。そんな時、私は「受け口」にならぬよう、いつもグイと顎を引いた。

「あれ、また、愛子ちゃん、えらい怖い顔してからに……」

写真を見た人はみなそういったが、イジワルの姉は、

「やあ、この子、一所懸命、顎引いてる……」

と見破ったのである。

ところで、犬歯というものは外国では嫌われるという話だが、日本では糸切歯と呼ばれ、裁縫で糸を切る時にこの歯に引っかけてプチンと切る時の、頭のかしげ方などが女らしく、色っぽいとされたものである。

私のイジワル姉は白い糸切歯が覗く愛嬌よしといわれ、それが自慢のようだった。

「ブル歯」とか「エヘラエヘラ」などといわれて、アタマにきた私は、

「外国じゃ糸切歯はきらわれるそうやよ。鬼歯とか鬼娘とかいわれて……」

鬼歯云々は私の捏造《ねつぞう》だが、口惜しまぎれにそんな攻撃をしかけたりしたが、姉は、

「ここは日本」と相手にしなかった。

その頃から六十余年経ち、世間を見渡すと歯並びの美しい女性が実に多いことに気がつく。鼻を高くしたり目を大きくしたりしなくても、歯の矯正だけで見違えるように美人になった人がいる。今はたとえブルドッグと同じ歯並びであっても、鏡を見て研究したり顎を引いたりしなくてもすむのだ。

糸切歯の人もあまり見なくなった。糸を切る仕草を女らしくていいものだと感じ

る人がいなくなったからか、糸を切るという生活がなくなったからだろうか、それとも糸切歯はやはり欧米並みに忌むべきものとして矯正がほどこされているためだろうか。

糸切歯の姉は今は亡く、私はといえば、ブルドッグであろうと、エヘラエヘラであろうと、もはやどうでもいいのである。

女の死に方

古い学校友達のＹ子から同じクラスメイトだったＳさんの死を報《し》らされた。Ｓさんはとりたてて美少女という人ではなかったが、色が白いのとスタイルのよさで人目を惹《ひ》く女学生だった。卒業後は資産家に嫁《とつ》ぎ、二男一女に恵まれ、夫を亡くした後は長男一家と「スープの冷めない」距離を置いて通いのお手伝いを相手に気らくな独り暮しをしていたが、年をとるに従って昔はなかった「しっとりとした色気」のようなものが漂う、気品のある老婦人になったという噂だった。

同窓会のたびに、「Ｓさんはきれいねえ、若いねえ」、という驚きの声が上った。かつて美少女と謳《うた》われた人たちが年と共に凋落《ちょうらく》して行く中で、Ｓさんの若々しさはひときわ目立っていたらしい。

そのＳさんがある朝、突然死んでいた。朝お手伝いさんが来たら、電話のそばに倒れて冷たくなっていた。心筋梗塞《しんきんこうそく》だった。苦しくなって電話をかけようとして力尽きたのだろう。

誘い合せて通夜に行った旧友たちは、Sさんと最後の対面をするべく顔の白布を取ってあっと驚いた。

Y子はそこまで話して、「あっと驚く」というよりも「ギョッとした」という方があの時の気持にふさわしいわ、といった。なぜギョッとしたか？　Sさんがあまりにも変わり果てていたからであるという。といって苦悶《くもん》の形相《ぎようそう》というわけではない。死顔は穏やかだった。穏やかではあったが、その顔はみんなが知っている「Sさんの顔」ではなかった。なんでか知らん、ぜんぜん違うねんよ、とY子はいう。

どういうふうに違うのかと訊いても、とにかく違う、びっくりするくらい違っていたのだという。長く病床についていたわけではないから、窶《やつ》れてはいない。現に二日前、お茶席でSさんに会った別の友達は、相変わらず上品できれいで若々しいのに感心したばかりだったのだ。

通夜の帰り、旧友たちは喫茶店でひと休みした。お互い女学生の頃とは違い、孫もひ孫もいるような老婦人たちであるから、たしなみとしてSさんの死顔を見た時の驚きについてははじめのうちは誰もが口を閉していた。語ることといえば、長患《ながわずら》いをせずあんなふうにコロリと死ねて羨ましい、とか息子さんの近くに住んで誰にも遠慮気兼ねせず、さりとて寂しくもなく、理想的な老後を過ごせて幸せな人やった、などという内容であった。だが、そのうちついに怺《こら》えかねたように一人が口を切った。

「けど……Sさん……顔がすっかり変わってたねえ……」

「あんたもそう思った？　わたしびっくりしたわ。別人みたいで」

「わたしもびっくりしたわ。なんであんなに変わったんかしら」

堰《せき》が切れたように驚きの言葉が飛び交《か》い、

「変わったというより、あれが普段の顔やったんやわ」

という思い切った結論を出す人がいて、一瞬、沈黙が満ちたという。

それから気をとり直したように、「死化粧をしてあげなかったおヨメさん」への非難がどっと上り、なぜおヨメさんは死化粧を怠ったのか、突然のことで慌てふためきそのことに思い及ばなかったのか、単なるもの知らずか、それとも何ぞの魂胆あってのことか。さまざまの憶測推論が出たそうだ。

Y子はいった。

「それで皆でいい合《お》うたんよ。ヨメや娘に自分が死んだら死化粧、ちゃんとしてくれるように頼んでおかんならんって。この頃はほんまにもの知らずというか、ええ加減というか、死んでもオチオチ死んでられへんわ」

それからY子はいった。

「うちへ帰ってヨメにいうたらねえ、ヨメは何というたと思う？　Sさんが生前、あんまり若うておきれいやったから、そんな問題が起りましたんやろ。お姑《かあ》さんやったら、べつにどうということないのとちがうかしらん、やて！　失礼やと思わへん？」

やっぱりばあさんはばあさんらしく干からびるままに終えていくのが厄介がなくてよいかしらん。

私の中のベートーヴェン

散歩や所用で通りかかることの多い住宅地の静かな午後、塀に沿って植えられた山茶花《さざんか》の向こうから、練習中らしいピアノの音が流れてくることがある。

それはいつもモーツァルトのソナタで、私は思わず歩調をゆるめ、

「ああ、いいなあ……」

としみじみ思う。決して上手とはいえない音色だが、それがいい。何の不自由もなさそうな、明るくて素直な少女が弾いている姿を想い浮かべる。ピアノは閑静な住宅地などを歩きながら、さりげなく聞くのが私は好きである。

私の少女時代も（といえばもう六十年余りも昔のことになるが）住宅地を歩くと、ピアノの音が必ずどこかでしていたものだ。その頃の少女たちは、学校の規則として映画を見ることも少女歌劇へ行くことも禁じられていて、生活を彩る楽しみとい

えば音楽くらいしか許されていなかったから、ピアノを習う人が多かったのである。

私も小学生の頃からピアノを習っていたが、ピアノが好きだからというよりも、何となく「流れに従って」いたにすぎない。基礎訓練が嫌いで、自分の気に入った曲ばかり拾い弾きをしては独りでいい気持になっている、という弾きようだったから、少しも上達しなかった。

その頃気に入っていたのはベートーヴェンの「悲愴」で、まずピアニシモから入って行って、突然フォルテになるところなど、ここぞと力を籠めて鍵盤をぶっ叩いたものである。毎日、ピアノに向うとそんなことばかりやっていた。「運命」のレコードをかけては、

「ジャジャジャジャーン！」

と喚いて拳固をふり廻したり……。それは戦争の足音がひたひたと近づいて来つつあった頃のことである。

それから間もなく戦争が始まった。

「この非常時にピアノなんか弾いている場合か！」

と町内会長が文句をいって廻る、といった世の中になった。

「ジャジャジャジャーン！」

とやりたくても、「西洋音楽」は「敵性音楽」であるからいけないという。ベートーヴェンはドイツの作曲家である。日本はドイツと同盟を結んでいるからいいのではないかと思ったが、そんな意見は町内会長には通用しそうになかった。そしてそのうち町内会長に叱られなくても、もうピアノなど弾くどころじゃないという時勢になって来て、戦争は終った。

敗戦後の苦しい暮しがつづいていた頃、私は黒澤明監督の初期の名作『野良犬』を見た。新米刑事の三船敏郎が満員のバスの中で拳銃を盗まれ、それが復員兵の手に渡って人が殺される。責任を感じる新米刑事は必死で犯人を捜し廻り、ついに郊外の駅で見つけ、追いかける。雑草の生い茂る空地で生死を賭けた闘いが始まるのだが、その時、空地の向こうにある一軒の家からピアノの音が聞こえてくる。

それはソナチネの中の一曲で、あまり上手とはいえない無表情な練習曲が、妙に明るく淡々と聞こえてきた時、私の胸に嬉しいのか悲しいのかよくわからない強い感情が湧き起って、目に涙が膨らみ、映像がぼやけた。

長い間別れたままになっていた懐かしい身内と再会したような、といえばいいだろうか。少女の頃の平和と幸福が蘇《よみがえ》った、といった方が当っているだろうか。その時私が思ったことは、気がついていなかったが、私は音楽に飢えていたのだ、ということだった。

そのうち世の中が落ちつき始めた印《しるし》のように、あちこちにクラシックの「音楽喫茶」というものが出来、コーヒー一杯分のお金があれば何時間でも音楽が聞けるようになった。私は穿《は》き古したズボンのポケットに、コーヒー一杯分の小銭をチャラチャラさせて、まだそこここに残っていた焼跡のぬかるみを歩いて渋谷の音楽喫茶「ライオン」へ通った。

「ライオン」では浴びるようにベートーヴェンを聴いた。二十代の私の中にはやり場のないエネルギーが鬱勃《うつぼつ》としていたが、それをベートーヴェンは鎮めてくれた。何に向って生きていけばいいのか。一応、文学を志したものの一寸先は闇だった。しかしその闇の遠い向こうにあるものをその時の私は信じていた。

ベートーヴェンに鼓舞された時代は過ぎた。今は道端に洩れ聞こえてくるピアノの音に静かな喜びを感じる日々である。ベートーヴェンよりもモーツァルトが好きになった。孫がピアノを習いはじめ、たどたどしくソナチネを弾いている。その音が二階から聞こえてくると私の心は柔らかくなる。音楽はさりげなく聞こえてくるのがいい——そう思うようになっている。私の怒濤の人生は愈々《いよいよ》終幕にさしかかっているのだろう。

鶴田医院衰微の事情

鶴田先生は名古屋の小児科の開業医で、私とはもう二十年来のつき合いである。親子ほども年が違うが妙にウマが合い、週に一度は電話をし合って現代の世相について嗟嘆《さたん》し合う仲だ。

鶴田先生は二十年前にそれまで勤務していた総合病院を辞めて開業した。先生は熱血漢で正義を愛する人である。医業を天職と考え、情に厚いので患者の信頼を得て、開業五年目には待合室に入りきれない患者が門前に並ぶほどになった。

かつて私は先生と一緒に皇大神宮《こうたいじんぐう》に参拝したことがある。外宮《げくう》、内宮《ないくう》に詣でた後、折しも降り出したざざ降りの中、先生は参道を脇道へと入って、「子安神社」という小さな社へ向いつつ、

「すみません、患者の子供らのために祈ってやりたいもんで、ちょっとつき合って

下さい」

雨の中、大股の急ぎ足で飛ぶように歩く先生の後をフウフウ追いかけつつ、私は先生の情熱に打たれた。先生の飛ぶような早足もまた人生への情熱から出たものなのであろう。


ある日曜日、先生の電話の声は憤懣《ふんまん》と咏嘆がよじれて音程が定まりかねているような、妙に高い大声だった。

「もうこの頃の若い母親ときたら、つき合いにくいという段階を越えてます！　何というたらいいか、もうわけがわからんです……」

どうしました、と訊くと、

「昨日、若い母親が子供を連れて診察に来ましてね、『どうしました？』と訊くと、こういうんです。

『おとついあたりからグズグズ？……』

そんなね、ぼくは今はじめて会った子供ですよ。おとといからグズグズ？　と訊かれても、わかりませんがな、こっちには。それから、こういうんです。

『熱計ったら三十八度？……』

　それでぼく、いったんです。

『あなたね。ぼくに訊かれてもぼくにはわかりませんよ。熱計ったのはあなたでしょうが』

　そしたらプーッとふくれてね。それっきり来ません」

　先生はそれが「語尾上げ言葉」というものであることを知らなかった。「三十八度？」と語尾を上げたのは、先生に質問をしているわけではなく、「三十八度でした」といっているのだ。私はそう説明したが、興奮している先生の耳には入らない。

「その女は帰りに看護婦にこういったそうですよ。『先生に叱られた。怖い先生や』って。ついでだからいいますけど、この間も診察室へ帽子をかぶって入ってくる母親がいるんです。病気の子供にも帽子かぶせたままで診察椅子に坐らせてるんですよ。それでぼく、いったんです。

『ちょっと、あなた、診察室に入ったら帽子は脱ぎなさい。子供さんの帽子も脱がせて下さい……』

　それほど怒ったわけじゃありませんよ。穏やかにいったつもりですよ。それなのに母親はこれまた不愉快そうな顔して脱ぐことは脱いだけれども、失礼しましたともいわない……」

鶴田先生は熱血の人であるから、病児を救いたいという一念だけでなく、この社会、この国をよくしたいという気持もまた熾烈《しれつ》なのである。この頃は患者に対していつもヘラヘラニコニコして、クスリをどんどん出して、つまらぬ冗談のひとつもいっていればいいということはわかっている。しかしですね、と先生の声はますます高く大きくなった。しかし、母親の不注意やもの識らず、常識なしのために病気になったり出来損ないになっている子供を見ると、黙って見過ごすことは出来ません。なぜこういう事態になったか、何が間違っていたか、どうすればいいかを説明せずにはいられません——。

だが相手はわかっているのかわからんのか、聞いているのかいないのか、ハア、ハアと頷いてはいるけれど本当に理解出来ているのかどうか心もとないので、先生の「わからせたい」という情熱は焔《ほのお》となって立ちのぼり、話はくどくど、声は大声、わかったかどうか、相手の反応を見定めんと目に力が籠ってグイと凝視する。

看護婦はいった。

「先生はすぐ怒って、目ェ剝《む》いて睨みつけるから怖いと今日も患者さんがいってました」

「十年、いや五、六年前の母親はこんなじゃなかったです。熱心な先生やといってみな信頼してくれましてね、熱心にいうこと聞いて、質問もするし、実行もしてくれました。その人らの中には子供が大きくなっても来てくれている人がいますけどね、この間も久しぶりにその人が来ていうんです。

『先生、あっちこっちで耳にするんですけど、この頃、先生の評判悪いですよ。わたしらは親切な優しい先生やと思てますけど、すぐ怒る怖い人やという評判が立ってます』

ぼくが変わったんじゃないですよ。ぼくは変わりません。誠心誠意、患者のことを思ってやってるつもりなんですがね！」

と先生の憤怒はいやが上にも燃え熾《さか》るのだった。

患者を取り戻す方法はわかっている。つい目を剝いてしまうような説明をやめればいいのである。患者への情熱を捨てることだ。そして世の中をよくしようなどと考えない。つまりいい加減に診療する。そうすれば「優しい先生」といわれて人気が出るだろう。

「昨日もおふくろがいうんですよ。何年か前までは表に行列が出来てたのに、どうなってしもうたんやって」

先生は力が抜けた声になり、

「ぼくもねえ、情けない話ですが気に入られるように努力してみようかと考えたりしてるんです……」

先生は何ごとにも一心不乱の実践者であるから、一旦自己改造をしようと決心すれば出来ないことはないだろう。

「しかし……寂しい話ですねえ……」

私は思わず嘆息する。先生も気落ちした声で、

「情けない話ですなあ……ほとほとイヤになります」

と溜息をついたのであった。

それから何日かして、ある夜電話がかかった。この前の電話の声は力がなかったが、「こんばんは、鶴田です」という声にはハリが戻っている。

「先生、今夜はお元気な声ですねえ」

思わずいうと、

「そうですかねえ、こういうのを元気というんでしょうかねえ」

と急にトーンが落ちた。

その日、先生の診察室に三つの女の子と母親が来た。そこで先生はこの頃心がけている優しい目差しを向けて、「どうしましたか？」と愛想よく訊いたという。だが、その時──母親が何といったと思います？

突然、先生の声は悲痛に裏返った。

「『オマンコがただれて……』そういったんですよ、その女は」

先生は叫んだ。

「化粧した美人がね、いったんです。『オマンコがただれて』……ぼくは思わずカッとして、

『あんた、何という言葉を使うんですか！　オマンコとは何ですッ！』

思わず怒ってしまったんです。そうしたらそいつはキッとなって、

『そんなら何ていえばいいんですかッ！』そう喰ってかかるんですよ」

笑っていいのか悪いのか私は迷いながら、

「それで、先生は何ておっしゃったんです?」

「それでぼくはいったんです。例えば陰部とか、オチンチンとか、というと、目ェつり上げて『オチンチンは男の子でしょッ』といい返す。とにかくオマンコというのは性行為をいう場合もあって淫靡なニュアンスがあるからやめた方がいいといったんですけどね。するとムッとして……」

一瞬の絶句の後、声を改めて先生はいった。

「もう、ぼくには無理です。ああいう連中を相手に何もいわずにいるなんて……。ぼくはぼくのやり方を通します。患者が減ってもいいんです。なに、金なんか儲からなくてもいいんです。家族が食べて行ければそれでいいんです……」

悲壮な調子になってきた。私も悲壮感胸に満ちて、

「先生! たとえ医院は衰微しようとも、その衰微は名誉ある衰微ですよ……」

と激励したのであったが、それにしてもオマンコという言葉がこんな悲痛な語られ方をするのは、有史以来のことであろう。

私と犬のつき合い方

食糧がなかった戦中戦後を除いて、我が家に犬がいない時は殆どなかったくらいだから、我が家に近しい人は私のことを犬好きだと思っているようである。しかし私が「愛犬家」であるとは誰も思っていないだろう。

我が家の犬はほうりっ放しにされている。今、この原稿を書いている書斎の窓の向こうのテラスに我がタローは、モコモコと浮き上った冬毛をあちこちにぶら下げ、盛り上らせて寝そべっている。

「タロー」

と呼ぶと寝そべったまま薄目を開けて、無精たらしくユラユラと尻尾を振ってみせる。

「やあ……」

と答えたつもりなのだろう。呼ばれたからといっていそいそと飛んで来たりはしない。

「うるせえな、折角いい気持でいるのに」

という気持なのかもしれない。

タローがモコモコと丸まった毛をぶら下げているのは、冬毛が夏毛に変わろうとして抜け浮いているからである。それを取ろうとするといやがるので、そのままにしている。そよ風に吹かれてモコモコの毛は自然に抜け飛んでいる。それを雀や尾長がついばんでどこかへ持って行く。

その光景を眺めているのが私は好きだ。サッパリさせてやりなさいよ、可哀そうに。と「愛犬家」の友達のA子はいうが、タローは干渉されてさっぱりするよりも、このまま自然に委《まか》せている方が好きなのだ。見かねたA子がタローに近づいて、毛のかたまりを取ろうとするとタローはいやがって逃げる。それをA子は追いかけて無理に取る。タローは「キャン！」という。

「痛いわけないじゃないの、気持よくしてあげてるのに」

とA子はいう。しかしタローにとって、それは気持のいいことではないのだ。

「なんて犬でしょう」

とA子はプリプリしている。

「犬を見れば飼主の人柄がわかるというけれど、その通りだわ」

まったく。私もそう思う。タローは十七年この家に飼われて、飼主の私にそっくりになってしまった。

もともとタローは放浪犬で、娘が買い物に出かけた時に後からついて来て、そのまま何となく居ついてしまった犬だ。首輪はなく、ちぎれた縄切れを首から垂らし、どこからか逃げてきたという様子だった。どんな暮しにはまっていたのか、極度に犬小屋に入るのをいやがる。犬小屋だけでなく、囲いや天井がある場所はすべていやらしい。豪雨の時など家の中に入れてもすぐに出たがって落ちつかない。冬は軒下に穴を掘ってそこに入っている。呼ぶと土まみれになって現れる。

そんな野性を失わないタローが私は好きである。我が庭のあちこちには常時、タローの大ウンコが転がっている。手伝いの人の手が届かない日、不精者の私もその始末にどっこいしょと重たい腰を上げる。雨の日など面倒でたまらないが、犬が自由に暮しているのを好む私の好みの結果であるから文句はいわない。

私は娘一家と二世帯住宅で暮しており、私は階下、娘一家は二階にいる。娘のところでは、ナントカキャバリアという種類の犬を飼っている。名前はピケという。二階であるから勿論犬は外へ出られない。娘は朝夕散歩に連れて行くがそれだけで犬は満足せず、バルコニーの柵から顔をつき出して、庭にいるタローを見て吠え立てる。タローのいる所へ行きたいのである。

私が二階へ上って行くと、待ちかねて吠え立てる。ピケは年中退屈していて、遊び相手がほしいのだ。バルコニーから見ていると、タローは残ったご飯を食べに来る鳩を追いかけたり、塀の外でサッカーボールを蹴っている子供の動きに合せて塀際を走り廻ったりしている。ピケはそれが羨ましいのにちがいない。

だが、飼主である娘は庭に出すとクセになるからダメ、という。土で汚れた足を洗うのが大変なのだという。ピケにはピケ専用の赤と緑のタータンチェックのベッドがあって、それは天蓋つきである。熊の子の形をした枕もある。

「入りなさい！」

といわれるとピケは大急ぎでそこへ入って、モジモジしてこっちを見ている。そのピケを見ると、私は憐れさに胸が詰まる。ピケには何やらいろいろなオモチャが与えられているようだが、犬は人間の子供ではないのだ。オモチャがどんなに可愛く作られていても、いったい、犬が「わァ、可愛い！」と喜ぶものだろうか。私が犬なら一枚のカマボコ板の方がなんぼか嬉しい。カマボコ板にはカマボコの臭いが染みついているし、時にはカマボコの端切れが残っていることもあるだろう。齧《かじ》ればカマボコの味が染み出てくるし、ギリギリと嚙みしだけば歯も鍛えられよう。

私が二階への階段を上って行くといち早く気配を感じ取って、ピケは吠えながら待ちうけている。上り切ると前足を私の身体にかけてきて騒ぎ立てて離れない。

「うるさいなあ、この犬は。いったい何だというのよ！」

怒ると娘はいった。

「足がけで倒してほしいのよ」

いつだったかピケと孫が喧嘩した時、私はピケの前足を摑んでひっくり返してやったことがある。アレをもう一度やってほしいというのだ。ピケは退屈しているのだ。ドタンバタンと勝負したいのだ。仕方なく私はピケの前足を持って足がけでひっくり返してやる。七十のばあさんが、犬を足がけで倒して喜んでる！

何という光景だろう、と娘はいう。だがこれも浮世の義理だ。ピケを見ると私は憐れさが高じてイライラしてきて、足がけをする足にもおのずと力が籠るのである。

だがA子はタローを見ると、憐れさいっぱいになって、ぶら下げている冬毛を力イッパイ抜きたくなるのだろう。

いろいろお世話になりました

幼年期の写真を貸してほしいと雑誌社から頼まれて、古いアルバムを繰っていると私が五歳頃の写真が目に止まった。その頃、住んでいた家の、応接間の窓際に父と母に挟まれて姉と私が腰かけている写真である。後ろの窓はその時代を偲《しの》ばせる鉄の飾り格子がついていて、画面の左端には大きな黒いラッパ型のラジオが写っている。

「これは何ですか？」

と一緒に写真を選んでいた若い女性編集者がいった。

「ラジオですよ」

というと、

「ハアー、これが……」

と見入っている。「昭和二年冬」と写真の裾《すそ》に母の手で書き入れがある。

それを見ているうちに、すっかり忘れていた遠い日が……鉄の飾り格子の向こうにゆるやかに雪の舞う夕暮れが近づいてきた。写真には写っていないが、窓の下には大きな八ツ手があったこと、その向こうは黒板塀で塀の向こうは松の生い繁る土《ど》堤《て》が迫っていたこと。そしてその夕暮れの寒さの厳しさに、滅多に焚《た》かない石炭ストーブが赤々と燃えていたことが蘇《よみがえ》ってきた（気候の温暖な阪神沿線では冬の間中炬燵《こたつ》もなければストーブも滅多につけなかった）。そしてその時、出窓に上って雪を見ている私の耳に、

「みなさん、こんばんは、明日はクリスマスですね」

というとても柔らかな男の声が聞こえてきたのだった。

「ほれ、お兄ちゃんですがな、ハチロー兄ちゃんですがな」

と若い手伝いのひさやんがいった。

「ハチロー兄ちゃんが放送してはりますのや。東京で」

東京がどんなに遠い土地なのかも知らず、いったいなぜ、兄の声がそこから聞こえてくるのかもわからぬままに、私はラッパの中に手を突っ込んで、

「ハチロー兄ちゃーん、ハチロー兄ちゃーん。ここよォ、ここよォ」

と呼んでいた。ラッパの奥をかき廻しながら。

脳裏に蘇ってくる光景はそこまでである。兄がどんなお話をしたのか、頭に残っていない。「明日はクリスマス」という言葉だけが、切なく蘇ってくるだけだ。私と兄は二十歳違いだから、その時兄は二十五歳だった。


それが私が放送というものに接した最初である。黒い大きなラッパが応接間の一隅にあることは知っていたが、それが人の声を伝えるものだとは知らなかった。そのうち私たちはその家から新しく建てた家に引越した。おそらくあのラッパラジオは引越しの時に処分されたのにちがいない。

新しい家のラジオは箱型だった。茶の間の茶簞笥《ちゃだんす》の上に、銅の水差しと並んで置かれていた。私の家では滅多にラジオを聞くことはなかったから、それはラッパ型ラジオと同じように、ある種の置物のようなものになっていた。時たま父が義太夫や歌舞伎中継を聞いていたが、私は面白いとは思わなかったので一緒に聞いたことはなかった。だがある夜の夕食の席で、負け知らずの双葉山《ふたばやま》が敗れたという放送を聞いたことだけはよく憶えている。双葉山を応援していた私には、その負けを告げるアナウンサーの声がいかにも冷淡無情に聞こえたのだった。

やがて時代は戦争に突入する。その頃からラジオは欠かせないものになった。戦争の初めのうちは勝利報道のテーマ曲として流される軍艦マーチを聞くのが嬉しくてラジオをつけっ放しにしていたものだが、そのうち軍艦マーチは滅多に聞けなくなり、ラジオはますます生活必需品になった。敵機は何編隊でどこから来て、どの方面に進んでいるのか、機種は何か、どこを爆撃しているのか、爆撃を終えて立ち去ったのか……。

そんな日々の後、日本国民がラジオの前にうなだれて昭和天皇の終戦の詔勅を聞く日がきた。私は婚家先の岐阜県の田舎町で、舅《しゅうと》や姑《しゅうとめ》と共にそれを聞いた。ラジオの雑音がひどく、舅は、

「要するに耐え難きを耐え、忍び難きを忍んで、みんなで頑張れということじゃろ」

といった。

戦争中から戦後にかけて、ラジオは我々の生活の一部だった。私たちは戦後の苦

しい暮しの中で、ラジオが流すニュースや「尋ね人」やその日の——あれは魚市場の入荷を知らせていたのか、それとも配給の報《し》らせだったのかよくわからないが、毎日のように「スケソウダラ」という名を聞いていた。食糧欠乏のあの時代「スケソウダラ」だけが豊漁だったのだろうか？

私たちはラジオが流す歌番組や娯楽番組で唯一の楽しみを得ていた。電力制限のためにラジオを聞けない夜は島流しにされた気分だった。金もなく、することもなく、起きているとお腹《なか》が空《す》くので早々と布団の中に入る。制限時間が終り、突然ラジオから声が流れ出した時の嬉しさといったらなかった。

七十四年の私の人生、本当にお世話になりました、ラジオさん、と改めて私は礼をいいたい。今は眠れぬ夜々、「ラジオ深夜便」のお世話になっているが、しかし昔の昔の忘れていた歌が流れる時など、懐かしさ哀しさ切なさ、ごっちゃになってやってきて、ますます眠れなくなる。これにちょっと困っていますが。

ふと浮かぶ

はじめて俳句というものを作ったのは、女学校三年のころである。そのころの私は不真面目を看板にしているようなあくたれだったから、俳句部に入ったものの、真面目に俳句に取り組むことなどなかった。

高内《たかうち》がおコマ見い見い桜かな

というようないい加減な句を詠んでクラスメイトを笑わせていた。高内というのは歴史・国語の男性教師で、おコマも同じ歴史・国語の若い女先生だった。両先生とも同じ専門であるから、何かと親しくしている様子である。今思うとそこに色恋の要素があったとは思えないが、「そういう見方をしたい」という年齢があるもので、私たちは面白半分にそんなふうに決め込んで取り沙汰していたのだ。

高内先生が桜の花を見るふりをしながら、チラチラとおコマ先生の方を見ているよ、という我々にしかわからない句意である。俳句の時間というと私はそんな句ばかり一心に考えていた。

スッポンは寂しからずや秋の風

という出まかせもあった。スッポンとは俳句の老先生の渾名《あだな》である。

やがて学校を出たが私は友人達のように花嫁修業もせず、そうかといって上の学校へ進む気もせず、うちでノラクラしていた。そのうち私の父の心身が大分老い衰えてきたので、さんざん親不孝をしてきた償いに句会をやろうと兄がいい出し、兄の友人らが五、六人集まった。父は若いころ、日本新聞社で正岡子規と机を並べていて、子規から俳句の手ほどきを受けている。一時は子規門下の四天王といわれたということだが、小説家として立った後はずっと句作から遠ざかっていたのである。

小説を書くエネルギーもなくなり無用の人になってうつうつとしていた父には、下手クソだが無邪気な弟子に囲まれる月一度の運座がどんなに楽しみだったことか。私も女学生時代のようにふざけ半分の句を作るわけにはいかない。兄も兄の友人た

ちもみな素人だが一所懸命である。「梅」という兼題に、

梅干にかつぶしかけて醬油かな

という句を作る人などもいて（この人は魚釣りが好きなので父から大魚という雅号をつけられていた）真面目に珍妙な句を作るので私は大好きだった。

そのころ、自分がどんな句を作っていたか、何も思い出せない。

北風に月と石との話かな

という句を父に褒められたことだけ憶えている。寝鎮まった夜半、月と石コロとが、「寒いねぇ」といい合っている、そんな情景を頭に浮かべていたのだ。父は「月と石との話かな」のところを「月と石とが語るめる」に直してくれた。

それから戦争が激しくなり、もう句会どころではなくなり、私も結婚して俳句を忘れた。さらに何年か経って私は結婚生活に破れ、小説家になることを目ざして勉強を始めたころ父は死んだ。私が二十六歳の時である。以来俳句のことは全く忘れてしまっていた。

だがそのうち人から色紙などを頼まれるようになり、そんな時に一句できればいいなぁ、と思うようになったが、さて書こうとすると一向に何も出てこない。ところがある日、講演先で色紙をさし出された時、ふと頭に浮かんだのが次の句である。

戦いはやまず摂津の秋の風

私は「戦いすんで日が暮れて」という小説で直木賞を受賞したので、それにひっかけたのである。これは実に重宝な思いつきだった。季節が春であれば「春の風」にすればいい。夏、冬、どんな季節でも季語を変えて、その地名を入れればよいのである。これはよい句ができたものだと喜んでそればかり使っていた。

七十歳の古稀《こき》を迎えた年、古稀の感想といった原稿を書こうとしている時、またふと頭に浮かんだ句がある。

秋晴や古稀とはいえど稀《まれ》でなし

この句も当分の間、季語を変えては色紙に用いていたが、間もなく七十一歳になってしまったので使えなくなった。使うとしたら「喜寿とはいえど」と書ける日まで待たねばならない。その時まであと四年ある。果たしてその句を書く日がくるかどうか。ふと、今、頭に浮かんだ。

いざ逝かん冥土の旅の秋の空

そういう句になるかもしれないのである。

犬も歩けば

四枚ばかり何か書いて下さいといわれ、気軽に引き受けた。原稿を依頼されて「たった四枚か」と思う時と「ま、四枚なら」と思う時と日によって違う。ひと月前に頼まれた時は「ま、四枚なら」と思っていたのが、いざ締切が近づいてくると「たった四枚じゃ」という気持になっている。そんな気持を抱えて品川からタクシーに乗った。運転手は初老の小柄な人である。暫《しばら》くすると彼が話しかけてきた。

「お客さん、俳句は好きですか？」

いきなりのことなので、

「はァ？　俳句？」ととりあえずいうと、

「好きですか、興味ありますか」とたたみかけてきて、何やら書いたメモ用紙をふり返ってさし出した。見ると一行、こう書いてある。

行く春や　食によこたう　菜の香

「ハーン」と私はいった。「荒海や佐渡によこたふ天の河」なら知っているが。

「この食《しょく》によこたうというのは何ですか？」

よせばいいのにそう訊いてしまった。相手は忽《たちま》ちはり切って、

「それはね、食事の膳に菜ッパの漬物がのってるんです」

「はあ、なるほど」

なにがなるほどなんだ、と思いつついう。すると、ではこれは？と次の一枚が出てきた。

一《ひ》と時を　バラなれ女《めごと》　貴流す

「はーん、むつかしいわねえ。これ貴流《きりゅう》と読むんですか？　どういう意味」

「わからない？　ハハハ」

バカにしたように笑い、

「ま、いいですよ、じゃ、これ」

と次を出す。

就中《なかんずく》　皮を脱ぎ竹　端麗に

「うーん、これは筍《たけのこ》が竹になっていくところの美しさを詠んでるの？」

「わかりましたか、お客さん」

運転手は満足そうにいい、

「でも就中もいいけど、『その中で』でもいいんじゃないかしら」

とつい引き込まれるのが、常に私が災厄を招くゆえんかもしれない。

「ダメね、それでは格調がなくなるね」

運転手はそういい切り、「では、ハイ」と次をよこす。

月翳《かげり》　光掾《こうえん》深し　出で局

「いや、降参。わからないわ」

ハハハ、と彼は得意満面だ。

「このね、局というのはね、春日局《かすがのつぼね》ですよ」

「え？　出で局は春日局の別名なの？」

「そうじゃないけどね。アハハ、困ったね」

話にならん、という口調。

「つまりね、こうですよ。月が翳って暗くなったので、春日局がハテ、お月さんはどこに？　と見に出てきたんです」

気がつくと車は環状六号線の松見坂を通過しかけている。三軒茶屋へ行く道とは違う。

「ちょっと、ちょっと、行く先は三軒茶屋よ」

「あッ！　しまった！」

強引にガーッとUターンすれば後続車は警笛鳴らして怒っている。暫くお互いに無言。品川から三軒茶屋まで三千円そこそこの料金なのに、これでは四千円を出るじゃないか！　しかし運転手は恐縮もせず、また始めた。

「自分の俳句の師匠は誰だと思いますか？」

知らんよ、そんなこと！　私は仏頂面で、

「さあ？」という。

「先生は芭蕉ですよ」

「芭蕉が先生じゃ添削してもらえないわね」

「そんなものはいいんです。今は自分が自分の師ですよ」

「ふーん、それはいいわね。手間いらずで」

声に怒気が籠る。料金四千三百円。

「すみませんねえ。遠廻りになったかな？」

なったかな？　もヘチマもないよ！

だがこれで四枚のエッセイが書ける。それを思って機嫌を直す。「犬も歩けば棒に当る」とはこのことか。「神さまのおくりもの」とはこのことか。「肉を切らせて骨を断つ」とはこのことか。

いずれにしてもこれで編集部に迷惑をかけることはなくなった。めでたしめでたし。

寂しい秋

薄曇りの、妙に静かな秋の午下《ひるさが》り、住宅街にあるコーヒーショップで旧友を待っていると、後ろのテーブルから声が聞こえてきた。

「それって、ホレちゃったってこと？」

「いやあねえ。もう少し上品にいってよう。ときめいたの……それだけ」

「ほんと？」

「それだけよう。勿論……」

そうしてサワサワと、コスモスが風に揺れるような笑い声が流れた。

ま後ろのテーブルであるからふり返って見るわけにはいかないが、声の様子では四十二、三、四、五、六？ 今の主婦は気が若いからもしかしたら五十に手が届いているかもしれない。

ついこの間も、

「じゃあネ、バイバイ」

「バァイ……」

といい合っている二人の女性、どう見ても五十は過ぎている腰の据わりようだった。

「いいわねえ。ナチュラルねえ……今の主婦……」

と同行の友達がいった。

そういえば我々が若い頃の先輩主婦の別れ際など、いつ終るとも果てしない「挨拶合戦」ともいうべきもので、傍にはべる我ら見習いはどんなに閉口したかしれない。

「では失礼します……皆さまによろしく……お寒さに向いますからどうかお大事に……では、ご機嫌よう……ごめん下さい……さようなら……」

これが片方の挨拶で、その間にもう片方の挨拶が入るのだから時間がかかる。しかもその間ずーっと笑顔を持続していなければならない。見習いとして立ち合わされている私たち（つまりお供）も閉口しながらおつき合いの作り笑いをして、親分

（この場合、母親、伯母さんら先輩女性）に従って台詞の合間合間におじぎをほうり込む。やっと挨拶が終って歩き出すが、五、六歩歩くとふり返ってまたおじぎ。また笑顔。やっと曲り角に来て立ち止まってふり返る。見送り勢は当然、まだ佇んでこちらを見守っている。最後の仕上げのおじぎのし合いっこ。

「では……ごめん下さい……」

「お大事に……」

聞こえるわけがないのだが、仕上げだから改めてそういってやっと曲るのだが、曲り角がなくて延々真直の道がつづいている時など、たまらなかった。

しかし、たまらん、かなわん、と思いつつも、見習いとして学習しているうちに、娘から主婦の立場になった頃には、しっかり挨拶合戦が身についてしまっている人たちは少くないのである。殊に関西方面に。

「日本のよき時代の生活文化の名残りですねぇ。女性のたしなみというものだったんですねぇ」

と大きく頷いたりしている女子学生がいて、よき時代？　何も知らんとわかったふうなことをいうでないといいたくなる。

今は五十でも「じゃあね、バイバイ」だ。それですむ。今の五十は昔の三十、いや二十《はたち》だ。だから、「ときめいたの」と臆面もなくいってサワサワと笑っていられる。

ところで、サワサワと笑って立ち去った二人の女性のうち一人はコスモスの笑いにふさわしいスラリとした細身に枯葉色のカーディガン、もう一人は花模様のジャケットの背中の幅いと広く、まるく盛り上っている。

「ときめきの人」はどっちだろう？　と私と旧友はいい合った。旧友は「枯葉色のカーディガン」はときめくという言葉に似合うといい、私は「幅広背中の主」がときめいたと思いたいといった。友は「幅広」がときめくなんて似合わないといい、私はそれはサベツというものだといい、あんたは三文テレビドラマに毒されているという。すると旧友は、だからあんたはロマンチックな小説が書けないのだ。あんたが恋物語を書くと、ユーモア小説になってしまうわけがわかったわと一人で合点し、

「改めて訊くけど、アイちゃん、あんた、ときめいたことってあるの？」

「ときめいたこと？　そりゃあるわ」

といってから私は考え込み、遠い昔の日々を探る。そうだ、あれは何という映画だったか、三船敏郎の野武士が荒馬を駆って疾走しつつ打打発止《ちょうちょうはっし》と馬上の敵と斬り結んで斃《たお》した。あの時の心臓の収縮こそ「ときめき」というものではなかったか。それからまた『七人の侍』での三船がふんどし一丁で泥土の中を駈け廻った時。それから……というのを友は遮り、

「アイちゃんのときめきって変わってるねえ。私なんか例えば長谷川一夫の流し目とか、傾けた憂い顔とかにときめいたもんやったけど」

という。

「ときめき」といっても何も色恋の場合とは限らないのである。「喜びや心配のために胸がドキドキする」と広辞苑は教えている。小説を書き始めたばかりの頃、ある会合で受付をしていたら、尊敬する井伏鱒二先生が近づいて来られ、忽ち私は硬直し、心臓は早鐘を打ち、話しかけられたらどうしよう、と生きたそらがなかった。あれこそ「最高のときめき」というものではなかったか。

しかしこの頃は激烈なのも、ロマンチックなのも、私、友、共に「ときめき」に

類似する感情の波立ちは何もない。私たちはいい合った。

「昔、宝塚を見に行って、幕が上る前の、ざわざわした場内に、オーケストラのいろんな楽器の音合せの音色が漂っている——その中に坐ってる時——あれこそ、ホンマモンのときめきやったと思うわ。幕が早う上ってほしいような、まだ暫くこのままでいたいような……」と友。

うん、わかる。朝の通学電車。あの学生が乗って来るか、来ないか。電車が停留所に近づくたびに感じたときめき。近づくたびに、というのは、あの停留所にもこの停留所にもときめく相手がいろいろいたからで、

「乗ってくるかしらん。いる？　おらん？」

「きゃァ、いる、いる。前の方にいる」

などといい合ってときめき、電車が止まると急にすましてときめきの気《け》ぶりも出さなかった。

思いめぐらせば懐かしい。そして哀しい。

「ほんまにこの頃はもうときめくなんてことなくなったもんねえ」

と友はしみじみという。

「あんた、最後にときめいたのはいつ？」

「そんなもの、思い出せへんわ。昨日のことも夕飯に何食べたか忘れてるくらいやからねえ。ときめくなんて別世界のことやわ。この頃何やしらん、眠とうて居眠りばっかりしてる——」

「何見てもハラ立つことばっかり」

「あんた、ハラ立ってるうちはまだましやよ、私なんか、ハラも立たへん。テレビでガングロの女の子見て怒ってる人いるけど、私、羨ましいと思うねんわ」

だんだん情けない話になっていくのが、この頃のならわしになっている。

そんなある夜、私は夢を見た。

この頃は夢を見ても、起きて顔を洗う頃にはもう忘れている。なのにこの夜の夢をはっきり憶えているのは、それがときめきの夢だったからだ。あの日友達とときめきについてしゃべり合ったためかもしれない。

そこがどこかはわからないが、私は四十がらみの男性と一緒にいる。まわりは薄暗く背景は何もないが、戸外ではなく部屋の中らしいことだけわかっている。男性はどうやら私に関心があるらしい。それで私はときめいている。思えば遠く忘れ去った感覚だ。男が自分を女として見ているかどうかなど、久しく思ったこともなかった（老人ホームの花とうたわれている老女が、ホームの食堂へ行くと男のひとたちの視線が痛くって……なんていうのを聞くと、あんまり厚化粧だからびっくりしてるだけじゃないのン、といいたくなっているような私だ）。

その私が男の関心を感じてときめいているのである。ときめいているくせに、何も気がつかないようなふりをして、とぼけているのである。ああ、それは五十年前の私だ。

いつか、そこにはもう一人の男性が現れている。その人も私に関心を抱いて出て来たらしい。先の男は映画俳優の、えーと、何ていったっけ……高橋英樹……ではない、新劇の人で、高橋……ナントカという人、その人に似てるようだが、もしかしたらその人は高橋という苗字ではなかったかもしれない。えーと、えーと……とわからなくなる。

何でもいい、先に進もう。

高橋ナントカさんに似た男は静かに近づいて来る。もう一人の男性は暗がりに佇んでじーっとこちらを見ている。私に気があるらしい。彼もなかなかのタイプだ。

悪くない、と私は思っている。高橋ナントカさんは佇む男の存在を知ってか、急に積極的に出てきた。まず後ろから肩に両手を置き、おもむろに髪に頰をすり寄せる。

ときめきのキワミ。

彼は私を抱きしめ囁いた。

何と囁いたか？

それが聞こえないのだ（この頃、私は耳が遠くなって、テレビをつけていると娘に「なんでこんなバカな音量で聞くのよう！」といつもいわれている）。愛の口説《くぜつ》を聞き返すというのはまずいと思い、私は聞いているふりをしている。ときめきながら。すると高橋ナントカさんはおもむろに私を胸に抱き寄せたではないか！　次の瞬間私は、

「お化粧でごま化してるから若く見えるかもしれないけど、わたし、ホントは七十七なんです！」

そういったか、いわねばならぬと思ったか、どっちだったかわからない。そこで目が覚めた。

友はその話を聞いて、アイちゃんはどこまでも――夢の中でも正直なんやねえ、

と感心しつつ、

「それにしても辛い夢やねえ……」

と歎息したのであった。

楽しみなような、怖いような

楽しみなような、怖いような

そもそも我が佐藤家には教育法というものはなかった。「教育観」はあったらしいが、親は生きることに忙しく、一方的に子供に主観を押しつけた。主観といっても感情的なもので、多くの場合矛盾を孕《はら》んでいた。自由放任にしながら、気に喰わないと一方的に怒るというふうだった。自分の人生を生きることに手いっぱいで、子供の人生を思いやる暇がなかったのだろう。かくいう私も我が子に教育らしい教育をした憶えがない。私もまた人生の闘いに忙しかったのだ。

孫が生れたのは私が六十八歳の時である。生れて一年ばかり後に二世帯住宅に建て替えて、娘一家三人は二階に、私は階下という生活になった。

「孫は可愛いでしょう？」

とよくいわれるが、俗に「目の中に入れても痛くない」といわれているような可愛さは私にはよくわからない。孫は血を分けた肉親であるから何かにつけて気にかかる。しかし孫は「私のもの」ではない。「娘夫婦のもの」である。こんなことをいうとすぐに、「子供の人格を認めぬ発言。子は親のものではない。独立した人格である」などといきまく人が出てくるだろうが、「我がもの」と思えばこそ、親は苦労をいとわず養育に心血を注ぐのである。もしも孫が孤児にでもなれば私も心血を注ぐだろうが、今のところ父親母親揃っているので、私は勝手な時（暇な時）だけ相手をしている。向こうも退屈するとやって来る。孫の顔を見ると私はいう。

「お腹空いてない？」

空いてる、といわれると私は満足して、あれやこれやと戸棚から菓子や果物を出す。というのも私の所には貰い物の菓子や果物が食べ切れずに余っているからで、私はそれを孫に「片づけて」もらいたいのである。

子供のおやつは、まず「うちにあるもの」を食べさせるべきだというのが、私の持論である。しかし孫には生意気にも菓子の好き嫌いがあって、娘は孫の好みに合せて（私にいわせると）ガラクタ菓子を買っている。

「階下《した》にケーキがあるのになぜこんな安菓子を買う！」

と私は文句をいう。娘は、

「だってこれが好きなのよ、この子は」

そして、

「いいじゃないの、買ったって。安いものばっかりよ」

金のことをいっているんじゃない。あるものを食べ、それがなくなったら買えばいい。貰いものは上等のお菓子ばかり。もったいないじゃないか、といえば娘、

「そんなら自分で食べればいいじゃないの」

食べおおせられるくらいなら文句はいわない。年々寄る年波で胃袋が老化して縮み、以前の半分も食べられなくなっているのだ。日が経って固くなった饅頭を焼いて無理に食べながら、昔の子供はえらかった、としみじみ思う。この頃の子供は何ごとだ。ショートケーキは飽きただと！　チョコレートはしつこくていやだと！

昔は余った菓子を始末するのは子供の務めだった。

日本人は今は好き放題、贅沢《ぜいたく》しているけれど、今にどんな時代がくるか。やがては食糧危機がくることは目に見えている。その時に困るのは贅沢に育った者たちだ。どんな時代が来ても、どんな境遇になっても、歎かず騒がず順応出来る人間に育て

ておくのが親の責任ではないか。子供が欲しいといっても簡単に与えず、我慢させる。我慢の力があるかないかで、その者の人生は決まるのだ……。

孫が安モノの袋菓子を買ったことから、そういう演説が始まるというのも我ながらどうかと思うが、しかし、それが生活に根ざした私の「教育」なのである。

私は娘夫婦の教育法に幾つか異論を持っている。孫は女の子だから、部屋は、人形やら縫いぐるみやら、種々雑多なオモチャ、飾り物のたぐいでいっぱいになっている。なにゆえ、このように次々と欲しがる物を買い与えるのか、その意図を私は知りたい。しかし、それは娘夫婦の「愛情」であると思うからいいたい文句を抑え、ただ、部屋を見渡して、

「うーむ」

と唸るだけである。孫はいち早く私の顔を見ていう。

「おばあちゃん、またなにか文句をいおうと思ってるんでしょう」

「うん、オモチャが多すぎる——」

と短かくいうが、その短かさには怒りたいのを抑えている無理な力が籠っている。

すると孫は、

「××ちゃんのところじゃ、もっと沢山あるわ。子供が出入り出来るお家もあるし……」

「そんなもの、欲しければダンボールで作ればいいんです！　スヤマ電器に頼めばいくらでもくれるわ。それをお父さんと工夫して、力を合せて作る！　組み立てたり、色を塗ったり、失敗したり……それが楽しいのです！　ものを与えられる喜びよりも、創り出す喜びを知らなくてはいけない！」

というが、それではおばあちゃん、一緒に作ってよ、といわれると困るので、急いで階段を降りて書斎に籠るのである。

孫を教育しようとすれば、その前に娘夫婦を教育しなければならない。娘が育つ時、教育、しつけを怠っていたツケが今になってやって来た。ばあさんのいうことよりも母親父親のいうことが正しいと思っている孫に今になってどうして教育なぞ出来ようぞ。

私が孫に望むのは、強い人間になることである。強いというのは「強靭《きようじん》な精神力」という意味であって、むやみに男女平等をいい立て、仕事から帰って来るご亭主をつかまえて、朝から晩まで赤ン坊の世話に明け暮れて何の楽しいこともなく疲れ果てているわたしの身にもなってちょうだい、などといい立てるような強さではない。何ごとにも弱音を吐かず、朗らかに生き抜く強さである。

孫が幼稚園の頃、娘は八百屋や肉屋のお使いに行かせていた。それは私も賛成だった。だが、そのうち、小学校に入ると、帰り道でペニスを突き出したヘンタイ男に道を塞がれて泣いて帰ってくるという事件があり、それ以後は学校の行き帰りも親が途中まで送り迎えするようになった。そうしていつか小学校三年生の孫は、弱虫の怖がりになってしまった。小さい時は八百屋や肉屋へ一人で行っていた、その同じ道を歩いて帰って来るのに夕暮れには携帯電話で迎えに来て、といってくる。

そんなことでどうするか、と私はいいたい。鞄にスリコギを入れておき、それでつき出したペニスをへし折ってやれ、といいたいが、毎日のテレビ報道を見ていると、親子ともに怖がりになるのも無理はないと思わぬわけにはいかない。だがそうして守られてばかりいると、いざという時に一人で闘う力がなくなるのではないか、という心配も湧く。

「道を歩く時は真直前を見て、わき見をせずに、ターッタターッタッタッと地面を踏みしめ、両方の腕をこう大きく振って歩くこと」

私は孫の前でやってみせる（私の母は、私の娘にそう教えていた）。

「そうすればそれを見た悪者は『ああ、あの子はしっかりした子供らしい。悪いことするのはやめとこう……』そう考えて手出しをするのをやめる。いつもキリッとしていなさい。『なにを！』という気構えで、向こうから男が来たら睨みつける……」

「でも、もしもその人が悪者じゃなかったら？」

「かまわない！　そんなことを心配していたら今の世の中、元気に生きて行けません！」

娘は傍で、

「あんまり余計なことといわないで。頼みますよ」

といっている。

私は孫にいまだオモチャ・お菓子のたぐいを買ってやったことがない。買うどころか、孫の部屋に忍び込んでオモチャを盗み出し、どこか困っている保育園があれば送りたいくらいである。クリスマスプレゼントもお年玉もやらない。うちの孫のように欲しいものを与えられている者には何も与える必要がないのである。彼女は何を貰っても、もの喜びして感謝するということがないのを私は苦々しく思っているのだ。

とはいえ、その一方で孫は金や物に恬淡《てんたん》とした子供に育っている。それは今までふんだんに与えられてきたことの効果かも知れず、もともとそういう気質に生れているためかもしれない。私の父は「金や物を欲しがる奴は卑しい人間だ」と始終いっていた。それを聞いて育っているうちに私の中ではぐくまれ気質となった観念が孫に伝わっているのかもしれない。そう考えると「もの喜びをしない」からといって咎《とが》める気持は消えるのである。

孫は小学校三年生になってもまだ、サンタクロースは本当にいると思っている。娘はクリスマスが近づくと、買って来たプレゼントを「隠しといてね」といって私の部屋へ持って来る。孫がサンタクロースは本当にいると思っている限り、娘はクリスマスの朝までプレゼントを隠しておかなければならないのである。

なぜ彼女はサンタクロースは本当にいると思っているのか。娘はこう説明した。

「神さまはいらっしゃるけど、目に見えない。だからサンタクロースもいるんだけれど、目には見えないのだと思ってるのよ。あの子は目に見えない存在がいろいろあると思ってるの」

私は何年にもわたっていわゆる超常現象といわれる経験をして来ている。そのため私は目に見えぬものの存在を信じざるを得なくなっており、朝夕の神の礼拝も欠かさない。その影響だろうと娘はいう。これが私の唯一つの、孫に与えた教育といえるだろう。

孫は時々私の居間へ来て、私が書き損じた原稿用紙の裏に絵やお話を書いているが、この間も何やら一心に書いていて、ふといった。

「おばあちゃん、オキテという字はどう書くの？」

教えてやるとひきつづき鉛筆を走らせていたが、やがてそのままどこかへ行ってしまった。見ると、こんなことが書いてあった。

「掟」

1、サベツをしない（あの人はイヤとかこの人はいいとかいわない）。

2、ねる前や食べる前においのりをする。

3、なんでも当り前と思ってはいけない（感謝をする）。
4、隣人を自分のように愛しなさい。
5、人のためにつくしなさい。
6、すべてをゆるしなさい。
そうして白い髯《ひげ》を垂らした老人の絵があって、その口から出た吹き出しにこうあった。

「これらをすべてやりとげなさい」

孫が通っている小学校はキリスト教系であるから、この六か条は学校で教えられたことなのだろう。実をいうと孫を私立の小学校へ入学させることについて、私は反対だった。区立の小学校なら近いしお友達も沢山いる。地震があっても雪が降っても嵐が来ても、近くならすぐに対応出来る。バスと電車を乗り継いでの通学が心配である。孫の心身の負担も気がかりだ。男女共学の区立で揉《も》まれるのは悪くないと考えていた。

しかしこの落書きの「掟」を見て、私はこの学校に入学させてよかったと思った。

これは人が生きて行く上での基礎である。この「掟」のうち果たして幾つが孫の中に残るのか、すべてが消え失せる時もあるかもしれないが、柔らかな嫩《ふたば》に染み込んだものはたとえ忘れていても、何かの折に花を咲かせるかもしれない。教育とはそういうものだ、施肥《せひ》だと私は思う。

私はブックサブックサ私の信念を呟いて施肥し、学校の先生は真面目に人間の正しさを教える。その両方が染み込んで娘夫婦の教育とミックスされ果たしてどんな人間が出来るのか、楽しみなような、怖いような。

人は必ず死ぬのである

人は多くの場合、考えてもしようがないことは考えないものである。我々が死について深く考えようとしないのは多分そのためである。死は抽象的なもので捉えどころがなく、従って手の下しようがないものなのだ。

貧乏や病気についてなら考えて、逃れる手だてを講じることが出来る。だが死はいくら考えても逃れる手だても闘う手だてもない。一方的にある日来るのである。死にたいと思っていても、「ある日」が来なければ死ねない。死にたくないと頑張っていても、「その日」が来れば死ぬ。

子供の頃私は「人間は生れる時もひとり、死ぬ時もひとりなんだから」とおとながいうのを聞くと目の前が灰色になったものだった。生れてくる時はひとりでこの世に来るとしても、それは赤ン坊だから怖くも寂しくもない。しかし死ぬ時のひとりというのはたまらなかった。いったいいつ、どこへどのようにして行くのだろう？　ひとりぼっちでトボトボと道を行く自分を思って胸が潰れ、いても立ってもいられない思いに駆られた。

四つ上の姉は「死んだら何もかも無や」とそんな私に教えてくれた。無になるということは、消えてしまうことだ。消えてしまうのだから、怖いことはない。怖さを感じる肉体がないんやから、とサバサバしたものだった。だが私にはそれはそれでまた耐え難かった。自分が消えてしまった後もこの世に花は咲き、風が吹き、太陽は輝き、街には人が歩き、家族はこの世に生きている——そう思うというにいえない孤絶感に襲われ、またしてもいても立ってもいられなくなるのだった。

我々が死を怖れるのは、死というものの実相がわからないためであろう。実相がわからないからただ漠然と広がる何もない薄暗がりを想像してその摑みどころのなさに怯える。だから我々は普段の暮しの中で、死を遠くへ押しやっておくのである。それは必ず来るものではあるが今日ではない、多分、明日でもないだろう。そのうちに来るだろうが、その日までにはまだ間があるだろう……と思い思いして、日常の中に紛れ込ませている。

しかし年をとってくると、紛れ込ませる日常の肌理《きめ》が粗くなってきて（つまり暇になって）、いやでも老いと向き合い、死について考えなければならなくなる。エネルギーの衰えから自然に死と馴染むようになる。それがかつての「老人と死」の定型だった。肉体も気力も年相応に衰えていくから、自然に「お迎えを待つ」という気持になって、老女は夫や自分の経帷子《きようかたびら》を縫ったのである。

今、我々は「老い」を押し返すための手だてを見つけた。健康食品、強壮飲料、老化防止の運動、美容術から化粧品に到るまで、数多くの方法がある上に、かつて日本人を緊縛していたもろもろの規範から解き放たれたことで精神が解放されたこともある。

テレビを見ていると、スポーツ選手や歌手デビューした人、あるいは事故に遭った若者のお母さんという人が登場することがあるが、

「では××さんのお母さんに伺いましょう」

と司会者に促されて映し出された人を見てその若さにあっと驚かされることが屢《しば》屢《しば》である。

「なんて若い、これがおふくろ！」

と驚きつつ、何だか落ちつきの悪さを覚える。私の中にある「お母さん」とはまるで違う「お姉さん」かと思うような女性が出て来て（おかっぱ頭あり、茶髪あり、厚化粧あり）、ハキハキとよくしゃべる。「おばあさん」だという人が出ていることもあるが、これもかつての「おばあさん」のイメージとは違う。「こちらがお母さんです」といわれると素直に頷いてしまうような「おばあさん」である。

この人たちは現代の日本を象徴していると私は思う。「老い」や「死支度」について考えるような雰囲気ではない。みんな生き生きしていてきれいだ。

「これから大いに楽しまなくちゃ」

と温泉場探訪でおばあさんたちがいっていた。

「年かい？　八十一」

と上機嫌。えー？　八十一？　ホントですかァ、と驚くのをニコニコして待っている。昔の女は年を隠したものだが、今は年をとっているのが嬉しいといわんばかりだ。やがてくる死を考えてはいるが、今の楽しさを追うことにそれは紛れている。

科学の進歩と豊かさは我々に幸せをもたらした。老いとは寂しく諦念《ていねん》に満ちたものであったのに、今は楽しいものになった。かつては不可能だと思っていたこと、神の領域に属することとして誰もが疑わなかったことを科学の力が現実化させるようになった。他人の臓器を貰って重病から立ち上ることも夢ではない。体外受精や借り腹で我が子が得られるのだ。皺たるみは美容整形で取り去ることが出来る。

人々は老いと死を忘れる。

欲望というものは際限なく膨らむものである。医学の力で長寿を楽しむことを得た後は、「不死」への欲望にまで膨張していくかもしれない。そして科学者の中には未知の領域に分け入る欲望に負けて、本気で不老不死を研究する人も出てくるかもしれない。それが人間のまことの幸福に寄与するかどうかを考えないで。

淀川長治さんは晩年「わたしはもうじき死にます」というのが口癖のようだったという。淀川さんは折にふれそういうことによって少しずつ死に近づき、馴染み、いつ死が迎えに来ても素直について行けるように心の準備をしていたのではなかったか。それが淀川さんの死支度ではなかったのか。

老人は死と親しむことが必要だと私は思う。老いの時間はそのためにあるのだと私は考える。忍び寄ってくる老いに負けまいと不老強壮にあくせくするよりも、やがて赴くことになる死の世界に想いを近づけて馴染んでおく方がよい。悲惨な死とはこの世に未練を残し、死を拒み怖れて死ぬことであろう。

人は必ず死ぬのである。死ななければならないのである。我々の生は死に向って進んでいるのだ。死ぬために我々は生きている。死があるからこそ、人生の意義がはっきりするのだ。私はそう思う。そう思って元気に死を迎える支度をしている。

教訓なし

お父さんからどんなことを教えられましたかとよく訊かれるが、改まって教えられたことはこれといってない。小学生の時、姉とふざけていて、

「ワーイ、ワーイ、儲かったァ」

といったら、

「儲かったとか損したなどというものじゃない！」

と叱られた。叱られたのはそれ一度だけだ。

兄ハチローは晩年「兄妹《きょうだい》の中で一番親父に似ているのは愛子だ」といっていた。しかし母にいわせると父は「ハチローを見ていると自分を見ているようで怖ろしくなる」と始終いっていたそうだ。ハチローと私は父に溺愛《できあい》された。他の兄姉は年中叱られ、殴られ、説教されていた。私とハチローは要するに父と相性がよかったの

だろう。私とハチローの欠点は父にもある欠点だから許されたが、他の兄妹の欠点は父にはないものだから許せなかったのだろう。

この前、テレビで畑山隆則とリック吉村のタイトルマッチを見ていたら、リックのクリンチがあまりに酷いので（それはテクニックとして許されるものだと人はいうが）私は怒ってテレビに向って叫んだ。

「正々堂々の戦いにあらず！　審判は何をしてるか！」

後で気づいたが「正々堂々の戦いにあらず」というのは父がよくいっていた言葉で、野球の試合で盗塁するのを見ると怒って怒鳴っていた。

「敵の虚を突いて塁を盗むとは、正々堂々の戦いにあらず！」と。

父は何も私に教えようとしなかったが、私が勝手に父から吸収したものが沢山ある。父は金ピカが嫌いだった。金時計、金縁メガネ、金歯、金の置物。

「あの女は下品極まる。金歯をむき出して笑う」

と罵るのを聞くと、母や姉は「また始まった」と苦笑したが、私は「なるほど」と思った。べつにむき出してるわけやない、ああいう歯なんや、と思いつつも、そのおばさんをいつか軽蔑していた。昭和の初めは金歯は金持ちの象徴だったのだ。

父は金持ちぶる人間が嫌いだったのだ。父はまた、

「あの男はまた新しいネクタイを締めてきて、台所で女相手に、どうですか、このタイはといっていた。ああいう奴は出世せん！」

ネクタイは冬用と夏用を合せて二本持っていればいい、というのが父の持論だった。

「どこそこの鰻でなければ食わないとか、てんぷらはどこそこに限るなんていう手合は死にかけの病人だ」

ともいった。そんな折々の父の言葉がいつか私に染みつき、私は金ピカを好まず、男のおしゃれを見ると笑いたくなり、粗食を好むようになった。私は後に夫の借金を肩代わりして苦闘の何年かを過ごす羽目に陥ったが、彼と初めて会った時、ズボンのお尻にアイロンのコゲ跡が黒々とついているのを平気で穿いているのを見て好感を持ったのが運の尽きだった。彼の肩にいつもフケが落ちているのさえ、好もしく思ったのは、父の影響にほかならない。その結婚によって味わった辛酸の大根《おおね》は父にある。

「人は負けるとわかっていても闘わねばならぬ時がある」

という言葉を父は日記によって私に遺した。「敵に後ろを見せるは卑怯なり」という言葉も子供の頃からよく聞いていた。私は辛酸を夫から与えられたというよりも、「自分からそれを作った」「父によって作らされた」と思っている。

しかし父が私に望んだことは「穏和な家庭婦人」だった。夫に従い子供をいつくしみ、女らしく、優しく、愛し愛される家庭第一の主婦の幸せを父は望んでいた。父にとって女にはそれ以外にどんな幸せもあり得なかったのだ。

「人は負けるとわかっていても云々」の言葉は、父が己れの人生の戦いのために、己れを励ますために記した言葉だった。まさか娘がその言葉を力杖に生きるようになるとは夢にも思わなかったにちがいない。

ある日、父は一枚の新聞を持って私と姉の勉強部屋に入って来て、「これをごらん」といった。それはある女教師の家に泥棒が入ったが、女教師は怖れずに懇々とその非を説き、泥棒が生活に窮していることを知ると、自分の生活費を与えたという記事である。

「何という立派な先生だろう!」

父は感極まった声でいった。

「お前たち、この先生に手紙を書いて、お小遣いの中からいくらでもいい、送りなさい」

父はそういう純な気持を娘に求めていたのだ。だが私も姉も「ハイ」といいはしたが、父のいいつけを無視したのである。

父が望んだことは何ひとつ私の中に染みていない。父の感情に委《まか》せた片言隻句が私を作った。

「ああいうお父さんを持って、どうですか？」

とインタビュアはよく訊く。どうですかといわれてもねえ、としか私はいえない。

とにもかくにもこういう人間を父とし、そして私はこうなった。いえることはそれだけである。

折節の記

折節、心憶えを書き留めているメモ帖を眺めていたら、こんな短歌があった。

タンコウのベーコンいため朝の厨《くりや》に
　チリチリと油鍋鳴る

私が作ったものではない。

そのうちに思い出した。あれは昨年の、いつ頃だったか、熱を出して寝込んでいた時のことだ。熱の最中《さなか》のまどろみに、枕もとのラジオから短歌を朗誦する声が聞こえていたのだ。

「タンコウのベーコンいため朝の厨にチリチリと……」

うつらうつらしている私の瞼《まぶた》の裏に、狭い横長の台所が浮かんできた。小窓があり、その向こうにボタ山が見える。小窓の前のガスレンジに載せたフライパンの上で女がベーコンを焼いている。炭坑に働く家族の朝食の光景である。しかし炭坑が次々に閉鎖されている当世の歌としてはなんだかピンとこないなあ、とうつらうつらしていた。

気がつくとラジオは次の歌を紹介している。

我が絵のモチーフなりしハイセンに
撤去命令のロープが張らる

ハイセン？　配線？　盃洗？　そんな文字が目に浮かんで、そのうち閉じた目に荒涼とした廃駅が広がってきた。錆びた四本のレールが夏草の生い茂る前方へ延びている。寂しい真夏の午後である。何ともいえない寂寥感《せきりょうかん》に胸を押しつぶされながら、熱の中に浮き沈みしていたが、少しずつ頭が醒めてきてポッカリ目が開いた。

そのうちラジオの声は短歌の先生が、一般募集して選んだ入選歌を紹介している声であることがわかってきた。

「薄赤いベーコンがフライパンの中で、チリチリと音を立てている……」

そのチリチリがうまい、と先生はいったような気もするが、そうでなかったかもしれない。いずれにしても「タンコウ」は「炭坑」ではなかった。「淡紅」だった。「薄赤いベーコン」だった。

そうとわかれば（頭がはっきりすれば）、「炭坑のベーコンいため」はおかしい。どう考えても脈絡がつかない。いったい「タンコウ」という言葉からなぜ私は「炭坑」をイメージしたのだろう。

その時、先生の次の講評が耳を撃った。

「我が絵のモチーフなりしハイセンに、撤去命令のロープが張らる……海辺の砂浜に引き上げられ、傾いている廃船……」

そうか、「ハイセン」は「廃船」だったのか。「廃線」ではなかったのか！

夢とうつつの狭間にふと浮き上る意識を潜在意識だとすれば、「炭坑」と「廃線」の源を探りたいものだ。思いもよらぬ過去が現れてくるかもしれない、とここで想像を廻《めぐ》らすのも一興である。しかし私がこの二首の歌をメモ帖に書き留めた理由は、なぜ「うす紅《べに》」といわずに「タンコウ」と音ヨミにするのかという疑問を持ったためだったことを思い出した。

「うす紅のベーコンいため」

この方がわかり易いではないか。語感が優しいではないか？　耳で聞いただけでよくわかる。そう思ったのである。

「ハイセン」を「破船《やれ》」あるいは「捨船」と詠んではいけないか？　なぜ「廃船」と固い言葉を使うのだろう？

私は短歌はど素人であるから口幅ったい批評をする資格はない。あるいは「撤去命令」という言葉の固さと調和をとるためには「廃船」という言葉を置く必要があったのかもしれない、あるいは船の大きさをイメージするには「廃船」でなければならないかもしれない、などとあれこれ考える。それにしても短歌を耳で聞くのは（熱があってもなくても）つくづくむつかしいものである。

私のメモ帖にはつづいて、

「カレイの喜び」

と書かれている。これは考えなくてもすぐに思い出した。ある新聞社から、

「カレイの喜びについて」と原稿を求められ、私は「カレイ」の意味がわからず、「カレイってなんですか？」と質問し、

「カレーは作るのも得意だし食べるのも大好きですけどね」

とふざけた。相手は真面目に「カレイとは年を加えること……加齢と書くのです」と説明したのだったが、それなら「年をとる喜びについて」といえばいい。そういってもらった方がわかり易い。なぜいちいち「年をとること」を「加齢」とむつかしくいわなくてはならないのだろう。訓読にした方がわかり易いものをなぜか音読にするのがこの頃はやっているように思われる。だがその必然性はどこにあるのだろう。

私のメモ帖には一行こう追記されている。

——会話は電報じゃない。言葉数を節約する必要なし。

書くことの意味

小説を書き始めた頃、私は「うまい文章」を書かなければならないと気負っていた。その頃私が「うまい文章」と思っていた文章とは、気の利いた比喩《ひゆ》やいい回しの巧みさや意表を突く言葉をちりばめるということだった。

その頃、文学仲間から「厚化粧の文章」だとか、「水に浮いている油のようにギラギラしている」などといわれ、一時はすっかり自信を失ってしまった。

そこから何とか立ち上って来られたのは、「うまい（と人に思わせるような）文章」よりも「正確な平易な文章」でいいのだ、と思えるようになったためである。本当にうまい文章とはそういう文章をいうのだということが、やっとわかったのだ。

私のように学才のない人間は背ノビをせずに自分を出せばよいのだった。

「文は人なり」という。まったくその通りだと私は思う。文章を読んでいるうちに、書き手の姿、心が影法師のように文章の行間から浮き出てくる。それが見えてくると、たとえその文体が素朴で幼稚なものであっても私は惹きつけられるのだ。

先ごろ私は、親不孝の限りを尽し、兄弟にも散々迷惑をかけた一人の兄のことを（長篇の一部として）書く必要に迫られた。

子供の頃から私が憎んでいた兄である。私も両親も世間もみな兄を許さなかった。だがその兄を筆にしていくうちに、いつの間にか兄への憎しみは消えて、死ぬまで非行の人であった兄の、その存在の襞《ひだ》が見えてきた。

といっても決して兄のすべてがわかったというわけではない。批判は批判として相変わらずある。だが彼を書こうとすることによって、見えなかった部分を見よう、理解しようという気持が生れた。兄の、兄なりの悲哀、その苦しさが私にはわかる。しかしそれは兄への個人的な理解というよりは、すべての人間存在の救いのなさへの理解といった方がいいかもしれない。

書くことにはそういう力がある。らっきょうの皮を剝ぐように自分、あるいは対象の芯《しん》に向っていくと、おのずから見えてくるものがあるのだ。人間を（自己をも含めて）正確に描くのは至難だ。だが書こうとすることによって、現実生活の中では見えなかったものが見えてくる。

この頃私が気がついたことは、小説を書くということはすべてがわかっているから、(わかっていることに向って)書くのではなく、書くことによってわかろうとしているのだということだ。それが今の私の書くことの意味である。

丹田と寸田

去年から今年の春にかけて私はある新聞に連載小説（『風の行方』）を書いた。それは現代を生きる各世代がそれぞれに抱えている問題を、一つの家庭の姿を借りて描いたものだが、その中で子供のイジメをとり上げて、それについて考えようという意図を持っていた。イジメの問題は何年も前から既に社会問題にまでなっている。やれ学校の先生の無関心がいけないとか、家庭で我が子がイジメにあっていることになぜ気がつかないのかとか、議論は百出しても一向にイジメは減らない。

かねてから私はこれはおとなが右往左往してもしようがない。イジメをなくすことよりも、いじめられても傷つかない強い心を養うことが必要だと考えていたので、小説の中でそれを主張するつもりだった。

小説の中には小学校六年生の大庭吉見という少年がいじめられっ子として登場す

る。かれはクラスに転校して来た女の子がいじめられているのを庇《かば》ったために、今度は自分がいじめられるようになる。元来内気な少年で、学校の成績もいい方とはいえず、運動の才能もなく、要するにパッとしない子供なのである。

吉見の祖父は昔小学校の校長をしていた老人だが、孫がいじめられているのを知って、何とかして自信をつけてやりたいと考える。しかしこの子供にどうしたら自信をつけてやれるのか、その手だてがわからない。

作者の私はそこへきて、全く途方に暮れてしまった。いじめられている子供にとって、おとなの励ましや慰めの言葉など、たいして役に立たないのにちがいない。だいたい今の子供は幼い頃から鍛えられていないから、心がひ弱に出来ている。昔の子供なら頭をかいてすませたことが、今は傷になる。傷を癒す力がないから死ぬことまで考えるようになる。たじろがない精神力を養うことが問題解決の一助になるとは思うが、ではどうしてその精神力を養えばいいのか、それがわからない。

小説中の祖父は私の分身であるから、私は一所懸命に考えた。今の父親は子供と「楽しく遊ぶ」ことを父親の役目と考えているから、父親に子供を鍛えよといってもどうすればいいのかわからないという情けない状態になっている。

その時、ふと頭に閃いたのが「剣道」だった。私には剣道についての知識は何もない。何もないが剣士の姿勢を見ると、剣道にだけは今はもう日本になくなってしまった毅然《きぜん》とした精神が残っているような気がしたのだ。

たまたま名古屋のお医者さんで極めて懇意にしている鶴田光敏氏が、剣道範士近藤利雄先生に剣道を学んでおられることを思い出した。すぐに電話をかけて事情を話し、まず聞いたのが「剣道はスポーツではない、人間形成の道である」という言葉だった。勝ち負けを競ったり、敵を斃《たお》すのが目的ではない。人間形成の道だという言葉に、闇夜に光を得た思いがしたといっても決して誇張ではない。

肩を下げる。すると頸が真直になる。するとのどに力が入る。横隔膜が下がる。臓器が下がる。すると肛門が締まる。すると丹田に力が入り足の裏に気が満ちる。そこで心身に気合が満ちて自信が生れる。

私は鶴田氏から聞いた近藤先生の教えをそのまま作中の祖父にいわせた。

相手の目をしっかり見ることによって眉と眉の間、寸田《すんでん》に力が入る——。ひ弱だが素直な吉見はいつもおまじないのように自分にいい聞かせるようになる。

「正しい姿勢、正しい呼吸、正しい意識」と。

丹田と寸田。私は日本中の教師、父親、いや日本の男性すべてに今、この二つの言葉を捧げたい。近藤先生のおかげで私の小説には筋金が入ったと思っている。

わからないこと

　この頃はハナタレ小僧がいなくなったが、私の子供の頃（昭和初期）はハナタレ小僧全盛期で、ハナタレ小僧即ち腕白小僧という趣だった。腕白小僧は洟《はな》を拭くために常に洋服の袖がテカテカと光っていて、必ず棒切れを握っていた。女の子を見ると餌を見つけたライオンみたいにノソノソ近づいて来て、いきなり「通せんぼ」をしたり棒切れをかざして追いかけて来たりした。その頃私の親友にキヨちゃんという女の子がいたが、彼女は腕白、ハナタレに立ち向う唯一の女の子で、「なにをーっ！」と立ち止まって睨みつけると、腕白は尻込みしてどこかへ行ってしまった。このキヨちゃんも「ハナタレ娘」でいつも水洟を鼻の下にこびりつかせていた。そんな私にとって「ハナタレ」は強さの象徴だったのである。

　ハナタレ小僧がいなくなったのは、子供の栄養状態がよくなったことや、抗生物質の普及のためだろうことは医学にうとい私にも見当がつく。だがある時、アレルギーについての本を読んでいると、昔はアオ洟、水洟がアレルギーの原因となる花粉を流し去っていたので、アレルギーが抑えられていたという説がある、と書いてありびっくりした。そういえば花粉症に悩みながら棒切れをふり廻しているハナタレ小僧なんていなかった。また、昔の子供の腸にはたいてい蛔虫《かいちゅう》がいたが、蛔虫が絶滅させられたこともアレルギーの増加のひとつの原因だと書いてあってまたびっくりした。

私はつくづく考え込んでしまう。いったい進歩とは何なのだろう？　読んで字の如く「進み歩むこと」と広辞苑にある。「物事の漸次に発達すること。物事が次第によい方、また望ましい方へ進みゆくこと」

我々は驚くばかりの進歩の中に身を置いている。だがハナタレ小僧の代わりに花粉症やアトピー性皮膚炎に苦しむ子供たちが現れたことを果たして「進歩」というべきなのだろうか？

我々の暮しは便利になった。快適になった。長命になった。すべて科学の進歩のおかげである。だが柳田国男はかつてこういったそうである。

「進歩という言葉は『幸福の増進』という言葉につながらなければならない」と。

私は全く同感する。そして思う。だが「幸福の増進」の「幸福」とはどういう幸福なのだろう、と。進歩を考える前に幸福とは何かについて考えなければならない時代になってきている。

昔の日本にはあまりに苦しいことが沢山あった。そこから逃れる「進歩」を我々は望んだ。だが今、「進歩」は我々の暮しから苦痛や絶望を取り去ってくれたであろうか。別の形の苦痛や不安や絶望が現れただけではないのか？

いったい我々は何を目ざしてどこへ行こうとしているのだろう？　私にはわからない。ぼんやりわかることは棒切れを振り廻していたハナタレ小僧は、それほど「不幸」ではなかったのではないかということくらいである。

私の絶望

「なぜ援助交際はいけないの？　誰にも迷惑かけてないのに」とこの頃の女子高生はいうという。私が先日見たテレビでも、「ほしいものがあるのにお小遣いがなければ、それくらいしてもいいかな、って思う」といっている少女がいた。

「誰にも迷惑かけていないだなんて！　親が迷惑してるじゃないの！」

と私と同年輩の女性が憤慨していったら、若い女性がこういった。

「親の方だって迷惑だとは思ってないかもよ。だって援助交際でお小遣いは自給自足してるわけだから、親は却って助かってるのかも」

いやあ、全くむつかしい世の中になったものだ。いちいち言葉を使って説明し、納得し合わなければならない世の中、こういうのを果たして「知的な時代」といってよいのだろうか？　使って減るもんじゃない、何が悪いのと無邪気に訊かれると、いや、それはそうかもしれないなどとつい弱気になるんです、と困っていたお母さんがいたが、その気持はよくわかる。

愛情など何もない、通りすがりの、どこの何者ともわからぬ男から身体を触られたら「キモチ悪い」と思うのは理屈ではなく感覚である。それを「なぜキモチ悪いのですか」と質問されたら返す言葉が見つからない。この問題についてある人がテレビで女子高生に向って、「あなたのそのピチピチしたきれいな身体をどこの何者ともわからない男に与えるなんて、ソンだと思わない?」といったそうだ。すると女子高生は深く頷いていたから、今の若い者はソントクで話せばわかるんです、ということになった。だが私はそうかなあ? 本当にわかったのかなあ? と懐疑的だった。彼女は仕方ないから(面倒だから)頷いただけじゃないのか? 「ピチピチしたきれいな身体を与える」代わりにお金を貰っているのだから、べつにソンではないと心の中で呟いているのじゃないか?

テレビのある番組で一人の中学生が「なぜ人を殺してはいけないんですか」と質問したそうである。居合せたコメンテーターは誰も答えられなかったというが、こんな質問に答えられないのは当然だと私は思う。今更聖書を持ち出してもしようがない。こういうことは言葉で納得するものではなく、感性によって培《つちか》われていく観念なのだから。

道端に死骸が転がっていたら、誰しもがびっくりする。自分一人の胸にしまって通り過ぎることなど出来ない。

血を流しているいないにかかわらず、死骸というものはむごたらしいものである。なぜ殺してはいけないかと訊くのは、なぜ死骸はむごたらしいのですか、と訊くようなものではないか。

「なぜって君はこれ見て何も感じないの？」

「何をですか？」

「何をって……」

と絶句する。「人を殺してはいけない」から殺さないのではなく、「殺せない」のが「人間」なのだ。理屈じゃない——だがそういうとテキは「なぜ殺せないんだろう？」

と多分いうだろう。そう思うと言葉を失ってしまうのである。

援助交際という言葉がいけない、売春といえばいい、といった人がいたが、「売春、それがなぜいけないんですか？」と質問される可能性は大いにある。共通の感性が育っていない土壌に言葉は咲かない。実らない。だが言葉に頼るしかない今。老兵は死なず、消えも出来ず。黙って絶望を呑みこんでいる。

うろんの話

うどんとそばとどっちが好きか、と訊かれると、私はたちどころに「うどん」と答える。うどんのどういうところが好きですか、と訊く人がいるが、惚れ込んだ男のことを、いったいその人のどこがいいんですかと訊かれても答えられないのと同じである。好き、ということはそういうことであって、

「やさしいところが好き」

などと簡単に答えている若い女の返事はその場ばったりのいい加減なものだと思っていいだろう。

私がうどん好きなのは、第一に関西の生れ育ちであるためだろう。かつては東京には「うどん屋」というものがなかった。そば屋として開店している所でうどんを食べさせた。メインはあくまでそばである。それにひきかえ関西では「うどん屋」

はあるが「そば屋」はなかった。もっともこれは私が関西にいた頃のことで、今は西も東もゴチャマゼの食文化になりつつあるから、大阪にもそば屋は珍しくなく存在しているのかもしれないが。

私が生れて間もなくから八歳くらいまで私を育ててくれた乳母は、たいそううどん好きだった。この乳母は「リンゴ」を「ジンゴ」といい、「アメリカ」を「アメジカ」といい、「うどん」を「うろん」といった。私が熱を出したり、お腹をこわしたりすると決まって、

「うろん、やりこう（やわらかく）炊きまひょなあ」

といって、小さなお椀に入れて持って来てくれた。

「フーゥ、フーゥ」

と吹いては口に入れてくれる。

「かつぶしのだしやし、うろんは滋養があるさかい、病気みたいなもん、すぐ治りまっせ」

そういわれると、あったかいうどんでお腹がジワジワとあたたまり、「滋養」が染み渡って病気はすぐに治るような気がしたものである。おいしかったか、おいし

くなかったかは憶えていない。

病気中の「やりこい素うろん」は病気が治ると「けつねうろん」になった。

「けつねやない。きつねやし。き・つ・ね」

といくらいっても、

「けつねですがな。け・つ・ね」

とばあやはいった。

ばあやの「けつねうろん」は大きく三角に切って甘からく煮た油揚が二枚入っていた。関西では油揚のことを「アゲさん」と、さんをつけて呼ぶ。豆は「豆さん」、いなりずしは「おいなりさん」である。しかし、うどんを「うどんさん」とはいわない。

ばあやは「アゲさん」を甘く煮るのが得意だった。きつねうどんを作っては必ず、

「うろんはけつねに限るわな」

といって食べた。甘からい汁をたっぷり吸った油揚を一口嚙むと、口の中にじわーっとえもいわれぬ甘からの味が広がる。そこへ、薄口醬油仕立てのうどんをひとすすりすれば、甘からの味と薄口のだしを吸ったうどんの薄味がうまい具合に融合

して、何ともいえぬおいしさになる。

「あーあ、おいしいなあ……」

とばあやは感極まった声を上げ、

「おいしゅうておいしゅうて、どうもならん」

と吐息をつく。私のうどん好きのわけは、こんなばあやの確信に影響されたのかもしれない。


私がうどん好きと知って、あちこちから知人友人がうどんを送ってくれる。どこそこの何という銘柄でなければ、とか、うどんは××に限る、などとは私はいわない。うどんなら何でもいい。私はうどんの「通」ではないのである。讃岐はどうだとか、稲庭はこうだとか傾ける蘊蓄《うんちく》など何もない。送られてきたものを食べて、あうまい、日本一！　と感嘆するが、次に送られてきたものを食べると、また日本一！　と叫びたくなる。初夏から秋まではだいたいつけ麺にし、寒くなると汁ものにする。

カレーの残りがあればカレーうどん、天ぷらが余った時は天ぷらうどん、スキヤキの翌日は肉うどん——と、冷蔵庫の残りものを見て作る。カレーうどんが食べたいから、わざわざカレーを作るとか、天ぷらうどんのために天ぷらを揚げるというような上等な食べ方をしたことがないのはうどんに対して失礼に当るかもしれないが、うどんのよさはそういう気安いところにあるのだ。

今日はカレーの残りも天ぷらの余りもない、油揚の買い置きも丁度切れている。冷蔵庫の中を見渡すとトマトがひとつ残っている。よし、ではトマトうどんにしよう。これは食通で知られた亡き小島政二郎が何かの雑誌に書いていたもので、トマトを潰してフライパンで炒め、その上にかためにに茹でたうどんを加えて塩胡椒で味をつけ、最後に醬油を二、三滴垂らす。それだけのものだが、最後の「醬油二、三滴」の加減がむつかしい。これでトマトうどんの味が決まるという二、三滴である。私はひと頃、これに熱中した。うどんというものはほんとうに多種多様の食べ方がある。その点も私の気に入っているゆえんだ。

私の古い友人であるS子は、うどんは女が食べるものであって、男が食べてはサマにならない、男はそばを食べるべきだという説の持ち主である。そばをさっと箸にからめて、さっとだしにつけて、ざっとすすり込む。さっ、さっ、ざっ、このテンポ。これこそ男らしい男の食べ物であるという。

うどんはズル、ズル、ズル。途中でカマボコ半分齧ってモグモグ、そしてまたまたズルズルズル。メガネが曇って目がぼやける。ハンカチで拭いてついでに汗も拭く。またズルズルズルズル。うどんを好きだという男は女々しい男だ。貧乏たらしい、と散散である。

メガネが曇って目がぼやけるのは湯気が立っているからであってうどんの責任ではない。夜なきうどんがおいしいのは、実はこの湯気の力である、と私は反論するが彼女は耳も貸さない。それではあなたはうどんが嫌いで食べないのかと訊くと、いいえ、わたしは好きよ、大好きよ、女はうどん好きでいいのよ、という。

どうやら彼女の夫なる人はうどん好きで（しかも「しっぽくうどん」）、メガネをかけていて汗っかきらしい。五十年前、S子は彼と見合いをした。お互いに気に入って、初デイトということになった。その初デイトで二人は映画『風と共に去りぬ』を見た。それからお腹が空いたね、ということになって、二人は何を食べたか。

うどんである。

「うどんなのよ！　うどん！　初デイトで食べたのが。どう思う？　しっぽくうどんよ！」

と、S子は目を剝いた。

まあその頃は今のように簡単に「イタメシ」という時代ではないから、懐具合もあったであろうし、うどん屋に入ったとしても、そう怒るほどのことではないと私は思うが、S子はその時、彼に幻滅を感じたという。幻滅を覚えはしたが、その時の自分の年齢を考え、更に容貌についても反省して彼との結婚を決意した。

しかしその後五十年の結婚生活で、何度か彼女は初デイトの「しっぽくうどん」を思い出した。夫の外面は豪快で男らしいが、家の中では小心でコセコセした女々しいケチ男だった。ここにおいて「しっぽくうどん」はS子にとって、「女々しさ、ケチ、小心」の象徴となったのである。

「この間もね、結婚生活五十年を祝ってフルムーンの旅に出ようといい出したのよ。五十年の間に二人で旅行したのは九州の両親の葬式の時二回だけ。わたしも喜んで出かけることにしたのよ」

弘前《ひろさき》の桜を見て北海道へ渡り、洞爺湖《とうやこ》で一泊して札幌へ入るという予定だった。

青森まで飛行機で行く。羽田空港に着いたのは正午すぎ。フライトまでに一時間あまりあったので、昼食をとることにした……。

そこまで聞いた私はS子の顔色を見ていった。

「わかった、うどんを食べたのね？　しっぽく？」

「そうなのよ……しっぽくよ！」

S子はいった。

「ズルズルズルと食べたのよ……メガネを曇らせて、ショボショボ目になって」

「汗を拭き拭き？」

「そう、ズルズルと……」

この時、夫なる人がさっ、さっ、ざっ、とそばを食べれば問題はなかったのだろうか？　問題の核心はズルズルにあるのかもしれない。しかし大の男が音もなく静かにうどんを食べては却って興ざめではないかしらん。

うどんは多分、紳士淑女には向かないのだ。だから私はうどんが好きなのである。

おもろうて、やがて悲しき

おもろうて、やがて悲しき

遠藤周作さんは人を笑わせるのが好きな人だったが、笑う方はもっと好きだった。彼のいたずら電話は有名だが、見物人がいるわけではないから、笑うのは彼一人である。いたずらされた方は笑うとしても苦笑程度で、

「困った人ねぇ……」

くらいですんでしまう。欺されておいて腹を抱えて大笑いする人はまずいない。遠藤さん一人が大笑いして喜んでいるだけだ。中には怒る人もいるが、遠藤さんは

「怒りよった……」とそれも面白がった。

ある日、私が机に向っていると傍の電話が鳴った。

「もしもし、佐藤さんでㇱか。佐藤愛子さんおられるでしょうか」

というダミ声は東北訛である。

「はい、佐藤愛子は私ですが」

「あ、そうでシか、そうでシか。あの、いきなりでナンですけど、ひとつわたしと結婚してもらえんでしょうか」

丁度その頃、私はある雑誌に「三人目の夫求めます」というふざけた文章を書いて、それが出たばかりだったので、それを読んだ人からだとすぐに思った。彼は自分は妻を亡くし、子供が五人いる。それでもよかったら結婚してほしいといったのだった。

「けったいな男やなあ」と思いつつ私はいった。

「では、履歴書を送って下さい」

「履歴書ね。ハイ、わかりました。履歴書は毛筆でシか、ペンでシか？——」

「どちらでも結構です」

電話を切り、おかしな親爺もいるものだと思いながら、原稿のつづきに取りかかった。と、間もなくまた、電話が鳴った。

「オレや、遠藤や」

「あ、遠藤さん。こんにちは」

「ちょっと前に君のとこへ電話かからなんだか？」

「ああ、かかったわ。けったいなおっさんから」

「あれ、オレや」

「えっ？」

「オレや……、オレ……」

「なにィ……」

私は絶句し、遠藤さんはこれ以上ないという嬉しがりようだった。

「しかし君はよう、コロコロと欺されるなァ」

と遠藤さんはいった。

「何べん欺されても懲《こ》りるということがないなぁ……」

と殆ど感心していた。欺しているのは自分なのに。

「欺される奴はそりゃなんぼでもいるよ。けど『履歴書送って下さい』とはなあ。そこまでいう奴はおらんで……」

「けど、わたしだって本気でいうたんやないですよ」

「わかってる。好奇心やろ」

「その通り」

「そこが君のおもろいとこや」

と遠藤さんはいった。遠藤さんは女流作家のSさんに、東北から家出してきた女の子だといって電話をかけたことがある。

「今、上野駅からかけてるんですけど、行く先がないので置いてくれませんか、というたら、ケンもホロロに断りよった」

と怒っていた。だがそれが常識であって怒る筋合はないのである。だが遠藤さんはその返事では笑うに笑えないのが不服だったのだ。しかしSさんも電話の主を遠藤さんだとは気づかずに、本当に東北の家出娘だと思ったらしい。遠藤さんは実に七色の声を出す人だった。

「その点、君はええ。意表を突いてくれる」

といった。べつに意表を突こうとしているわけではないが、そうなってしまうのだというと、「そこがエエのんや」といった。

遠藤さんが喜んで笑うと私も何だか愉快になってきて、欺されたウラミを忘れて一緒になって笑ってしまう。

　私はすぐに憤激する人間で、「君のエッセイ読んでると、憤激とか憤怒とか激昂とか、カッとなったとか、勘定したら一つのエッセイに五つくらいは必ず出てくるな」とよくいわれた。

「君が怒るのは勝手やが、シャモが喧嘩して砂蹴散らすみたいにオレに砂かけるのやめてくれよ」

　私が怒っている時の遠藤さんのあしらい方は軽妙で、いつも私は笑い出して怒りは消えた。

「ところで君とこのゆうべのおかず、何やった？」

　といきなりいう。

「ゆうべはね、うちはスキヤキですよ。スキヤキというてもね、百グラム千八百円の松阪肉よ。それを五百グラム買《こ》うてきてタラフク食べましたよ。娘と二人暮しでなんと五百グラムですよ……」

　遠藤さんの声を聞くと私は反射的にホラを吹く癖がついているのだ。

「それにね、卵かてね、一人一個ずつやないですよ。二個ずつよ……」

遠藤さんは爆笑し、

「卵二個ずつか……。君のホラ話はホラともいえんホラやなァ」

といって喜んだ。

「ほんまに君はオモロイ女や」

そういわれると私はまるで他人《ひと》のことのように、「ほんまに私はオモロイ女やなァ」と思って、何だか愉快になってくる。

私は年中喧嘩をしたり、欺されたり、損をしたりしている人間だが、その度に遠藤さんは、そういう時はオレに相談せえ、なんで相談せんのや、とくり返しいってくれた。だが因果な性格の私は相談する前にことをやらかしてしまっては失敗し、遠藤さんにはその失敗を訴えるだけだった。遠藤さんはその度に、

「なにやっとんのや、君は……」

とダミ声で叫び(彼は嬉しい時はダミ声になる)、その失敗の愚かさを笑い話にしてしまう。そしてそれによって私は笑って元気をとり戻し、やっぱり同じ失敗をくり返した。

　ある時、遠藤さんは二ヵ所からの講演依頼を、それが同じ日であることを忘れて引き受けてしまい、私の所へ珍しく沈痛な声で電話をかけてきた。

「頼む。一生に一度のお願いや。電話で見えんやろうけど、畳に頭すりつけてお願いしてるんや……」

　講演の一つは函館でもう一つは名古屋である。私は仕方ない、そんなら名古屋へ行くわといった。

「そうか、引き受けてくれるか。有難い」

　遠藤さんは神妙にいったが、そのうちだんだんいつもの調子に戻った。

「ええか、サト君。オレは脚折って動けんと先方にいうてあるんやからな。そのつもりでいてくれよ。間違うても遠藤さんは今頃、函館で……なんていうなよ。危ないなあ、君は……大丈夫かいな」

　念を押されて私は名古屋へ行った。遠藤先生のおみ足はいかがでしょう、と主催者にいわれ、嘘の下手な私は、とり繕うのにしどろもどろだった。

　その頃遠藤さんは函館でどうしていたか。

　彼は主催者の出迎えの御人に何とボケ老人の真似をし、それがあまりに真に迫っているので主催者側はたいへん心配した。あまり心配するので実はあれはウソでして、と白状し、真面目な御人たちを真面目に怒らせていたのだ。

「それがなあ、あいつら、ホンキで怒っとんのや」

とまるで怒る方が悪い、といったいい方だった。

六年前、私の娘の結婚が決まり、その披露宴での祝辞を私は遠藤さんに頼んだ。

「よっしゃ、してやるよ」

と遠藤さんは引き受けてくれたが、

「スピーチに松、竹、梅と三段階ありますがね？　どれにしますか？」

と早速ふざけた。

結婚披露宴というのは総じて退屈なもので、その退屈の原因は来賓のスピーチにあると私はかねがね思っていた。

娘の嫁ぎ先は実業畑の真面目で常識的な人たちが揃っているから、祝辞は自然真面目でしかも長々しいものになった。宴席に料理が運ばれ、それを食べながらスピーチを聞くのであるから、あまり長いと皿の音やら私語やらでザワザワしてくる。

　そこで私は末席からメインテーブルの遠藤さんにメッセージを送った。

　――つまらんから面白うしてちょうだい。

　すると遠藤さんから返事がきた。

「ナンボ出す？」

　そのうち遠藤さんの祝辞の番がきて、遠藤さんはマイクの前に立った。そしていきなり大声で叫んだ。

「みんな、メシを食ってはいかん！」

　一座はびっくりしてシーンとなる。その途端に傍らのテーブルから北杜夫さんがいった。

「酒は？」

「酒は飲んでよろしい……」

　わーっと笑い声が上って私は嬉しくなった。

「小説を書く人間はみな、おかしな人であります」

　遠藤さんのスピーチはそんなふうに始まった。

「ここにいる北杜夫もおかしいし、河野多恵子さんも中山あい子さんもみなおかしい。その中でも一番おかしいのは今日の花嫁の母、佐藤愛子さんであります。杉山さん（婿さんの姓）。これからこの人をお母さんと呼ぶのは大変ですぞ」

人が笑う。しかし遠藤さんはニコリともせずにつづけた。

「私は昔、中学生であった頃、電車でよく会う女学生であった佐藤愛子に憧れ、何とかして彼女の関心を惹《ひ》こうとして、電車の吊り革にぶら下がって猿の真似をしました。そうしてバカにされたのであります……」

例によって例のごときデタラメである。

「今思うと私は何というオロカ者であったか、あんな猿の真似をしたりしなければ、今日はこの披露宴の父親の席に坐っていたと思いますが……」

爆笑の中で遠藤さんはいった。

「最後に私から花婿にお願いがあります。どうか佐藤愛子さんを、この厄介な人をよろしくお頼みします……」

普通ならばこういう時は「愛子さんの大事な一人娘をよろしく」というところだ。おふくろをよろしく、というのは聞いたことがない。私はジーンときた。遠藤さんはやっぱり私のことを心配してくれていたのだ。それがはっきりわかった。

だがその後、遠藤さんは手洗いに立ち、末席の私の傍らを通りながら、

「おい、七千円やぞ、七千円……」

といって出ていった。ジーンときていた私は忽《たちま》ち我に返って、

「七千円は高い……」

と早速いい返したのであった。

遠藤さんは驚くほど沢山の友達を持っている人だった。文学関係、出版関係、宗教関係、医療界、音楽界、実業界。その多くの友人の中で私は遠藤さんには何の役にも立たない、端っこの友人に過ぎなかった。あえていうならば私は遠藤さんの「気晴らしの友」「珍奇な友」だった。

遠藤さんが亡くなった後、私は色んな人から慰めの便りや電話を貰った。その度に私はいった。

「ふざけているだけの相手のようだったけれど、私は頼りにしていました。がっかりしました……」

だがこの「頼り」というのは相談に乗ってもらったり、激励してもらうことではなかった。私の失敗を大笑いしてもらうことだった。これからはどんな失敗も、も

う一人で背負うしかない。

「遠藤さん、いろいろ有難う」というよりも、

「遠藤さん、どうしてくれる……困るやないの……」

としか私にはいえない。

大人物　中山あい子

十年ばかり前のことだ。私は新津市に住む年下の友人に誘われて、中山あい子さんと佐渡を半周したことがある。佐渡はもろもろの怨念《おんねん》が浮遊している島であるから、あなたのような体質の人は行かない方がいいといわれていたのを無視して行ったのである。霊媒体質というのか、私は旅に出ると霊現象に悩まされたり、憑《つ》かれたりする厄介な特質がある。私の経験談を聞くとたいていの人は驚いたり怖がったり疑ったりするが、中山さんはいつも、

「そうか……困ったねえ、アハハ」

と面白がるだけで問題にしない人だった。

佐渡では案の定、いろいろな目に遭ったが、何とか凌《しの》いで二泊三日の旅を終えた。帰って来た二日後、中山さんが遊びに来て旅の思い出話などに興じたのだが、話を

しているうちに私はいうにいえない疲労と倦怠感《けんたいかん》に襲われて、しゃべるのも笑うのも坐っているのも辛くなってきた。

翌日になってもその重苦しさは消えない。長年の経験で霊に憑かれたことがわかった。美輪明宏さんに電話をして一部始終を話すと美輪さんは、

「その霊は男性ね。はじめは中山さんに憑いたのよ。でも中山さんがいつまでも気がつかないでノホホンとしてるものだから、業《ごう》を煮やして佐藤さんの方へ移ったのよ。中山さんは暢気《のんき》だからねえ」

早速中山さんにそのことをいうと、彼女は笑って、

「そうか……そりゃ悪いことしたねえ」

と答えただけだった。中山さんは私よりも強い霊媒体質だったのだ。彼女はそれを知っていたらしい。知っているのだが、べつに特別のこととは思わず、慌てず騒がず、来る者は来させ、行く者は悠然と見送るだけなのであった。

まことに彼女は悠揚迫らぬ大人物だった。世俗的な野心など微塵《みじん》もなかった。他人の思惑《おもわく》など気にしない。自分の気持に常に正直な稀有《けう》な人だった。

女流文学者会の会食の席では、中山さんの笑い声はひときわ大きかった。畳の上

に仰向けにひっくり返って笑ったこともある。円地文子先生のように礼儀を重んじるお方は、

「あの方はお行儀が悪い」

と顰蹙《ひんしゅく》なさったということだが、私は中山さんのそんなところが好きだった。もし中山さんが円地先生の顰蹙を知っても、

「いやあ、失敗したなあ」

といって終りになっただろう。

中山さんはマンションの管理人をしていたことがあるが、その時、内緒で鶏を一羽飼っていた。マンションを正しく管理する立場であるのに、貧乏な文学青年のためにオーナーに内緒で空室に住まわせていたこともある。かと思うと一緒に食事に出て夜遅くなると、帰らなくちゃ帰らなくちゃといいはじめる。なんでそう急ぐのかと訊くと、マンション中のゴミを表へ出さなければならないのだという。ゴミなんか、明日の朝でいいじゃないのといくらいっても、出すべき時間が決まっているのだといって、タクシーを飛ばして帰った。

中山さんの中ではオーナーに内緒で鶏を飼ったり、空室に人を住まわせたりする

ことと、ゴミ出しの時間を守ることが、何の矛盾もなく同居しているのだった。

中山さんの闘病生活は三年になる。血圧が高い、糖尿の気があるなどといっていたのがだんだんに弱っていって透析が必要になった。透析すれば楽になると皆が勧めたが受けようとしなかった。透析の費用はすべて国が負担していて、その金額はいくらいくらに上っている。国にそんな負担をかけるのは申しわけがないというのがその理由だった。それでも遂に透析に踏み切ったが、一昨年の十二月、私の家に来てくれた時はタクシーの乗り降りも難渋するほどになっていた。

訃報《ふほう》を聞いた翌朝、中山さんのマンションへ行くと、中山さんはベッドに仰向けに寝て口を薄く開けていた。献体の手つづきをとっているので葬式はしないという。病院から遺体引き取りの人が来るのを待つ間、中山さんの前で私たちはとりとめもなくおしゃべりをしたが、そこに横たわっている中山さんは私たちの話をノホホンと聞いているようだった。

その時娘さんのまりさんがふと、

「それでも八十まで生きたんだから、十分だわよ」

と呟いたので私は驚き、中山さんは大正十一年生れだから私より一歳年上の筈だというと、いや、ほんとは大正九年生れの八十なの、とまりさんはいった。中山さんほどの人が年のサバをよむなんて、とびっくりしていると、

「はじめ、何かの雑誌に大正十一年生れと出て、それが定着したのね。訂正するのがめんどくさいので、そのままにしたんですって」

と、まりさんはいった。私たちは思わずどっと笑ったが、線香の煙の向こうで中山さんも一緒になって面白がっていたにちがいない。

野上照代雑感

野上照代さんを知ったのは今から十七年前、私が読売新聞社主催の「女性ヒューマン・ドキュメンタリー大賞」の審査員をしていた時で、最終選考の十篇の中に野上さんの作品が残っていたのである。

昭和五十九年のその頃は、女性が書くドキュメントといえば敗戦時の引揚げや看病などの苦労話が多かった。野上さんの作品が私の目に止まったのは、戦時中の日常が淡々と書かれ、淡々とした筆致の中にそこはかとないユーモアが漂っている点だったが、具体的にどんな内容だったかは憶えていない。今改めて野上さんに訊くと、それは治安維持法で拘置所に入っている父との往復書簡だったそうだ。話の筋も憶えていないのに作者の才能だけが(この頃は才能というにはまだ若く、「文学的素質」とでもいうようなものだったが)、強く私の心に残った。しかし私の推挽《すいばん》は「ドキュメントとしては弱い」という理由で大賞から落ちた。

それから時が過ぎ、ある年、私はサンケイ新聞が週に一度出している読者サービスのタブロイド判（だったと思うが）が一般募集した「ユーモア短篇」の審査を頼まれた。その中に「文句なしにコレ！」と思える作品があって、その時は審査員は私一人だったので迷うことなく一位に推した。それが野上さんの作品だったのだ。私は選考する時、作者の名前を見ない癖があり、後に野上さんからお礼の電話をもらってはじめて知った。

「ああ、あの、あの、野上さん！」

と叫んだこと、心が躍ったことをはっきり記憶している。やっぱりこの人は才能があるんだ。その時は「素質」ではなくはっきり「才能」といえると思った。このまま書きつづけてゆけば「面白い作家」になる、と思った。うまい作家、力作を書く作家、流行作家といろいろあるけれど野上さんは「面白い作家」になる人だ。「面白い作家」になるための人間的なゆとりというものがある人だと感じたのである。

その野上照代が黒澤明大監督の信任厚い名スクリプターだということを知ったの

は、それからまた何年か後のことである。

そうか、そういうことだったのか、と私は妙に納得した。そういうことなら彼女に「面白い作家」を期待しても無理だった。黒澤監督に信任されるということは、豊かな感受性、緻密《ちみつ》な頭の働きと実行力。その上にものにこだわらない鷹揚さを併せ持った自然体の人物だということだろう。野上さんの文章に私が惹かれたのは、文を通して彼女のそんな人柄が感得されたからだった。

『天気待ち』(現・文春文庫)は私が待ちに待ったエッセイ集である。野上さんとは時々文通しているが、彼女の手紙は実にいい。手紙に添えてある絵もまた実に面白い。

『天気待ち』の冒頭の「手紙」という項に、十四歳の時に伊丹万作監督『赤西蠣太《あかにしかきた》』を見て感激し、伊丹万作にファンレターを出したという話が出てくる。伊丹万作から思いがけずすぐに返事が来て、それがきっかけで万作との深いつき合いが始まるのだが、万作の手紙にこんな一節がある。

「アナタハ私ノ弟子デス。デモ何ヲ教ヘルノカト聞カレルト困リマス。何モ教ヘナイ弟子ガキテモイイデセウ」

そして彼女はこう書いている。

「しかし私の方の手紙はまことに他愛ないもので、学校の先生の滑稽なまちがいとか、原っぱで拾った猫をまた捨てに行ったような話ばかりだった」

十四歳の野上さんの手紙が病床の伊丹万作にとってどんなに慰めになったか、私にはよくわかる。野上さんの手紙を読むたびに、取り繕いの少しもない文章にほっとするのだが、伊丹万作も野上さんの自然体に触れて気持がなごんだことだろう。

「女無法松」の項に平林たい子が出てくる。戦後の混乱期、野上さんは八雲書店に入社し、新宿の闇市を平林たい子のお供をして歩くのだが、

「人ごみをかきわけながら行く平林さんの広い背中が急に私を振り返り、

『ねっ、存在するものは必然的だってレーニンも言ったでしょ。その通りよ！』

と叫んだのでびっくりしたことを覚えている」

まことに平林女史が目に見えてくる数行である。更に私の気に入る点は「と叫んだのでびっくりしたことを覚えている」とさりげなく止《と》めている点だ。このさりげなさは決して「うまく書こう」とは思っていない文章で、どこまでも「私は素人よ、

それでいい」といっているかのようで、それが私にとって野上さんの魅力であることが改めてわかったのである。ついでにいうともう一カ所、感心した箇所がある。華麗なお姫さま姿の長谷川一夫が付き人を従えて撮影所の中を歩いている。感にたえぬ声で、

「長谷川さん、きれいやわぁ！」と恵美ちゃんというスクリプターが叫ぶと、

「長谷川さんはちょっと首をくねらせてシナを作り、

『着物《べべ》がか？』とあの流し目を恵美ちゃんに送ったのだった」

野上さんの感性が一瞬にして摑み取る人間の面白さは、もしかしたら黒澤監督によって磨かれたものかもしれない。私はもう「面白い作家」になればいいとは思わない。野上さんは映画の世界にどっぷり漬って、時々そこから人間の面白さを浚らしてくれればいい。今は私はそう思っている。

幽霊騒動てんまつ記

幽霊騒動てんまつ記

岐阜県の加茂郡富加《とみか》町という町の町営住宅でさまざまな怪奇現象が起きているという話を聞いたのは十月（二〇〇〇年）の中頃のことである。その住宅は富加町の高畑《たかはた》という町外れにあり、一年半前に新築されたもので四階建て二十四世帯が居住している。その居住者の半数が入居して間もなくから異常な現象に悩まされるようになった。新聞や週刊誌の報道を要約すると「カンカン」「ドンドン」「ピシッパシッ」「ゴーッ」などの物音が夜通し聞こえたり、突然食器棚の扉が開いて中から皿がフリスビーのように飛んだり、茶碗が落ちてその欠け口がコの字の形に欠けていたり、電源の入っていないドライヤーが深夜、いきなり作動を始めたり等々、次々に怪奇現象が起っているということである。

娘はテレビを見ては私の部屋へやって来て、興奮してしゃべり立てる。来る人はみな、その話題を出して「いったい何なんでしょう？」と不思議がる。しかし私は格別驚かなかった。といってテレビ報道を、バカにしているわけではない。私は今までにいやというほど似たような経験を積んできているからで、バンバン・ドンドンの音の話を聞いても、

「ああ、例のやつネ」

と軽くいなし、いきなりドライヤーが動き出したといわれても、

「うちじゃ、オモチャ箱の底にあったオルゴールがいきなりキンカラコンと鳴り出しましたよ。十年も前から壊れたままほっといた目覚し時計が、夜中に突然、鳴り出したこともあるわ」

と平然としていた。

ほんとをいうとその当座はキモを潰してオタオタしたのだが、二十年以上もそんな経験をしていると、そのうちに馴れっこになって、何が起っても驚かなくなったのだ。

その怪奇現象が起きている町営住宅では、色々な騒音のほかに、女の幽霊が出没するのを住人の何人かが見かけているという。

「二十年ほど前にその土地が栗林だった時にそこで首吊り自殺をした女の幽霊なんですって。物音はその怨念でしょうか？」

私の心霊体験を知っている人の中にはわざわざ電話をかけてきてそう訊く人がいるが、私は霊魂にいろんな目に遭わされるだけで、霊能というものは何もない、ただの「憑霊体質」である。しかし二十年以上もそんな体験をしていると、ある程度の知識が植えつけられ、洞察力も育つ。

「うーん、女の幽霊ですか？　しかしこれだけのもの凄いポルターガイストは、そんな首吊り女一人だけで起せるものじゃないでしょう」

とくしたり顔にいってみたりするのである。ポルターガイストとは「騒霊」といい、騒々しい音を発したり物品が移動するなどの心霊現象をいい、西欧には多いが日本では少いとされている（日本人に比べて西欧の人は強い情念を持っているためか、あるいはこれは「クイモノの違い」ではないか？――これは勝手な私の私観である）。

私は二十五年前、北海道に建てた別荘で、こういうポルターガイストをいやというほど経験した。二十年かかってやっとわかったことは、そこはアイヌ人の集落があった場所で、日本人のためにみな殺しにされたアイヌ人の霊魂が起す現象だということであった。その経験から考えると、このポルターガイストは霊魂であろうと推察される。古戦場か、首斬り場か、壊された墓地か、かつてそんな所ではなかったんでしょうか、一体や二体じゃないですね、といっぱしの霊能者気分で答えていた。

心霊研究家のEさんは、若いが優れた霊能の持ち主である。霊能者というものは霊能の力に伴って誠実で謙虚、無欲な人格の人でなければならない。そういう点でEさんは私が最も信頼し尊敬する霊能者である。

富加町の異常現象についてEさんと話し合っているうちに、どっちがいい出したともなく「ひとつ行ってみましょう」ということになった。それに本誌(小説宝石)編集部の金盛さんが野次馬気分でついて来ることになり、十月末日、私たち三人は雨もよいの富加町高畑の、問題の町営住宅を訪れた。

その住宅は町外れの、川と田畑を前にし、遠くこんもりした森を望見する広々と気持のいい場所にあった。およそ幽霊が出るとは思えない新しく清潔な建物である。

築後一年半という時間は極めて順調に平和に推移して来たように見える。

「――もっと陰々滅々としているかと思ったら」

私と金盛さんは何となくあてが外れた花見客のような気分である。

Eさんは黙って建物の中に入って行く。入口は三カ所あって通路が南北に抜けている。南側へ抜けるとささやかな庭があり、その向こうを川が流れている。川の向こうはひろがる田畑、遠く森と工場らしい建物が見える。Eさんは無言で佇み、あっちを眺め、こっちを見上げ、

「いますね、女が」

と落ちついたものだ。住宅の各部屋にはベランダがついているが、そのひとつに真直な髪を肩の上に垂らした色白の女が、エンジのスカートに白いブラウスを着て立っていますという。私はEさんと一緒にベランダを見上げたがその部屋の主は留守らしく白いレースのカーテンが下がっているだけである。

「あ、今、上のベランダへ移りました……」

「はァ、上へ？」

「こっちを見ています……あ、隣りのベランダにすーっと移って、部屋の奥へ消え

ました」

その消えたという部屋も留守らしくカーテンで閉ざされている。幽霊騒ぎで避難している家が六世帯あると聞いていたから、その人たちの部屋かもしれない。幽霊め、留守をいいことにあっちこっち、思うままに散策しているのか。

Eさんは女幽霊など歯牙にもかけず、田畑の方をじっと見ている。そして、

「見えてきました」

と静かにいった。

「見えた？　何がです？」

「黒い三角の笠のようなものをかぶった男たちが……中腰にかがんで……手に棒を持ってこっちを窺っています……いや、あれは棒じゃありません、鉄砲ですね。鉄砲を構えてるんです」

「鉄砲隊ですね？　戦国時代？」

「そのようですね、ひい、ふう、みい、……」

Eさんは数えて、

「二十三人」

といった。

「中腰になってこっちを見ているのは、あれは草むらに身を隠しているつもりなんですね、昔は灌木の繁みだったんでしょう」

だが今は一面、きれいに耕された畑だ。

「あッ、馬が現れました、鎧のようなものを着た武士が乗っています。鎧といっても武将が着ているような立派なものじゃありませんが」

「鉄砲隊の隊長でしょうか」

「そのようですね。馬を横づけにしています」

ラジオの実況放送さながらであった。

いつまでも鉄砲隊と睨み合っていてもしょうがないので、自治会長の田中さんを訪ねることにした。田中さんは小柄だが風格のある老人で、金盛さんは「はじめ、テレビで見た時は、おどおどしたような感じだったのに、今はたいしたものですねえ。すっかり風格がそなわってます。幽霊騒ぎで風格が出た……。たいしたもんだ……」と妙なところで感心している。

田中さんの手もとにはこの事件が広まって以来、訪ねて来た人の名刺が三百五十枚もあるという。テレビ、週刊誌などのマスコミ関係から来る人、来る人、みな同じことを質問する。それに対して同じ返事をくり返しているうちに鍛えられてテレビ度胸がつき、説明する言葉もよどみなく今や意気さかん、という趣である。

田中さんの部屋に異変が起きたのは、この住宅が完成し、入居して間もなくのことだという。

「廊下を走り廻る音がタ、タ、タ、トントントン、二時間ほどつづく。はじめは上の部屋の子供らが走っとるのかと思って訊きに行ったら、いや、みな寝てて走っとらんという。おかしいなあというてるうちに、壁を丸太で叩くような音がバーンバンバン・カンカンとか、ギシギシ鳴りよるし、天井じゃバシーッ、バシバシ、バシーッ……。それが夜通しや。いやもう眠れたもんやないで、焼酎飲んでベロベロに酔うて寝ても、目が覚めるんやから」

ついに田中さんは枕許に木刀を置いて寝た。音が始まると木刀持って外へ飛び出した。しかし、

「なんもないもんね」

木刀をふりかざそうにも目に見えぬ霊魂が相手であるからどうしようもなかったのだ。

これは欠陥住宅ではないかと考えて、役場や建設会社の人を呼んで相談したが、調査の結果構造上の欠陥はない、考えられることは「コンクリートと内装の板などの膨張率の違いで音が出ることはあるが」とわかったようなわからんことをいわれただけである。それがきっかけで、うちも音がする、うちもうるさくて寝れん、という声が上って来て、これは目に見えん何ものかの仕業かもしれん、ということになった。四階の水野さんの部屋では、いきなり食器棚の戸が開いて皿が飛んだり、茶碗が落ちてコの字形に欠けたり、水道からひとりでに水が出たり、勝手にテレビのチャンネルが変わったり、物音の方はノコギリで切る音、ビンが転がる音など、七種類に上った。また別の部屋では、電源の入っていないドライヤーが夜中に作動をはじめるという騒ぎ。

それと同時に髪の長い女の幽霊を見たという人が何人か出てきた。四階の水野さんの奥さんが見た時は女幽霊は跣《はだし》で表を走っていたそうである。

役場は相談に乗ってくれない。祈禱《きとう》を頼むには金がかかる。役場に祈禱料の負担を頼んだところ、「憲法に定められた政教分離でそれは出来ぬ」と断られた。仕方なく自治会で祈禱料を出すことに衆議一決して霊能者を呼んだ。白装束のその女先生はなかなかに力のある人らしく、そのお祓《はら》いで花火の爆発の中にいるような音はだんだん静かになっていった。だがその代わり、それまで何ともなかった部屋へともの音は移動して行った。

どこにも相談する人はおらず、頼る所もないので田中さんは、新聞社に頼めば何か方法を教えてくれるかもしれん、と考えた。そこで中日新聞にわけを話し、十月二日、それが記事になった。そうしてその日以来、田中さんを含め住宅の人たちは、女幽霊とポルターガイストに加えて、マスコミの大襲来に巻き込まれることになったのである。

一旦美濃太田駅前のホテルへ戻って夕食をとり、再び高畑住宅へ行ったのは午後八時頃、本格的に秋雨が降り出していた。タクシーを降りるとEさんはまっしぐらに通路を通って南の庭に出る。さっき二十三人の雑兵《ぞうひょう》が見えた向こうの田畑は、暗い雨に包まれてくろぐろと広がっている。

「鉄砲隊が増えています！」

とEさんは声を上げた。

「五十人以上はいるでしょう……弓を持っているのもいます……さっきの馬上の武士もいます……」

と、またしても実況放送になる。人数が増えるということは、愈々《いよいよ》合戦が始まるのか？　Eさんは背後の住宅をふり返り、

「あっ、こっちにもいます！　ベランダに、ほら、あっちのベランダ……こっちにも……」

あっち、こっちといわれても、悲しいかな私にも金盛さんにも何も見えない。

「はァ、いるんですか？　雑兵がこっちにも……はーん」

という金盛さんの声は緊張しつつもどこか間が抜けているのは当然というべきか。

ベランダの雑兵は二、三十人。田圃へ向って銃を構えているという。Eさんの目には住宅に重なって粗く板を張った粗末な櫓《やぐら》がまるで二重写しのように見えるそうだ。

「戦国時代、ここに櫓があったんですね、丁度その同じ場所に住宅が建っているん

です。ふしぎだなあ……ぴったり重なってるんですよ」

ベランダの雑兵は、櫓の上に立っているつもりなのだ。

「あっ、始まりました。矢が飛んできます！　ヒュウという音が、耳もとを掠めました……」

私と金盛さん、思わず逃げ腰。

「あーッ」

とEさんは驚愕の叫びを上げて飛び退《の》き、

「落ちて来ましたッ、ベランダから……」

「何が落ちました？」

「雑兵です……鉄砲の弾が当ったんです……」

「どこに落ちました？」

「そこです……（Eさんは二、三歩右へ進んで）ここです……」

と指す。しかしそこには雑草が夜の雨に打たれているだけである。彼方を見れば、雨の田圃は静かに夜の闇に溶け込んでいる。しかし両軍の合戦は今、たけなわという趣らしい。

夜になるとひどくなるというあの物凄いラップ音や振動は、鉄砲の音や弾が命中した破裂音で、子供が走り廻るような足音は、雑兵どもが右往左往している音なのかもしれない。さっきEさんは白い襦袢《じゅばん》様のものを着て白いタッツケのようなものを穿いている男を階段の所で見たというが、その男は寝ていたところを急襲されて、武装を整えようと起き上った途端に弾に当って下着のまま命を落したのだろう、とEさんはいった。

時は戦国時代。我々は川を挟んでの合戦のさなかにいるというわけなのだった。

田中さんによると、ここを訪れたテレビ局は十九社。週刊誌の取材数知れず。霊魂否定論者で有名な物理学者大槻教授や音響研究の第一人者鈴木松美先生のほか、茶碗の割れ口を科学的に解明するべくテレビ局に動員された学者先生、それに加えて自薦他薦の祈禱師や霊能者が頼みもせぬのに次々にやって来て、塩を撒いたり地面に酒を注《そそ》いだり、線香を燃したり、榊《さかき》を立てたり、護摩《ごま》を焚く人、祈禱する人は引きもきらず。霊視する人の中には水道タンクの中に霊が閉じ込められ、水道管を伝って各家に出入りしているといった人や（それが何の霊であるかは、給水口に鍵がかけられていて中が覗けないのでわからないとか)、以前ここで首吊りをした女の幽霊が寂しいので親類を呼び寄せたのだという人。

四階の「皿トビの水野さん」の所へ来た霊能者は、あんたには水子がいます、といい出した。水子など作ったオボエはないというと、いきなり拳固でボカボカと頭を殴られてコブだらけ、そこへひと摑みの塩をパッと投げつけられ、コブもろとも髪も顔も塩だらけ。かと思うと別の霊能者は上の男の子は将来女たらしになる、と予言した。その人はまた冷蔵庫に霊がついているといったそうだ。将来の女たらしと冷蔵庫との因果関係はわからない。

それにも増して水野さんが閉口したのはテレビ局だという。まさに夜討ち朝がけ、夜中の二時頃やって来てチャイムを鳴らす。扉を開けるとさっと片足を入れて閉められないようにして質問をたたみかけ、どやどやとカメラマンが入って来るやパーッとライトをつけてそこいら中を写し廻る。コの字に欠けた茶碗を見たいと思ったが、それはテレビ朝日が持って行きましたということであった。

しかし、それにもかかわらず「皿トビの水野さん」はいやな顔もせずに私たちを迎えてくれた。信頼してもらえたのか、それとも、

「エイ！　こうなったら何でも来い！」

というヤケクソの心境に立ち到ったのかもしれない。彼女は二十一歳の若いお母さんである。

水野さんの所へ行く前からEさんは頻《しき》りに、

「子供さんはいますかねえ、もしいるようでしたら是非会いたいですね」

といっていたが、いいあんばいに一歳半の男の子とハイハイをしている弟くんはまだ眠らずに起きていてくれた。Eさんは上の坊やを見て、「やっぱり」と頷き、

「わかりました。だいたい思っていた通りでした」

と納得顔。

「この坊やは強い霊体質ですね？　そうじゃないかと思ってました。ほかの人には見えないものが坊やには見えるでしょう？」

「そうなんです」

と水野さんは頷いた。

「『階段の所に女の人が坐っている、こわい』といい出したり、『おじちゃんが天井から顔だけ出している』とか、『おじちゃん、バイバイ』と玄関のドアに向って手

をふったりしてるんです……」

Eさんはじっと水野さんを見て、

「奥さん、あなたも同じ体質のように見受けますが……」

「そういえば私も子供の頃からよく幽霊を見たりしていました。私のおばあさんもそうだったんですけど、おばあさんが死んでから余計強くなったように思うんです」

Eさんの予想はぴったり当ったらしい。

「これはね、奥さんと坊やの強い霊媒体質がこういう現象を呼んでるんです。奥さん、例えば食器棚の戸が開いたり、音がしたりした時、その時は坊やが癇癪《かんしゃく》を起して泣いたりしているんじゃありませんか？」

「あ、そういわれれば」

水野さんは思い当る様子で、

「そうですわ。下の子が生れてから、この子はヤキモチを妬いてキィーッキィーッ叫んだりするんです。そんな時にきまってドアが開いたり、物が飛んだりしてるみたい……それで私の方もイライラして、つい、ヒステリィを起してしまうんですけど」

「奥さんがヒステリィを起す時も、現象が起きるでしょう？」

「――ああ、そうです……確かにそうですわ……」

彼女はいった。

「じゃあ、私たちのせいなんですね？」

「ここは霊的な磁場が強いんですよ。そこへもってきて霊体質のお二人の強い感情が走るものだから霊的なハレーションを起して、お皿が飛んだりするんです」

「そういうことってあるんですか……じゃあ、特別にこの部屋が呪われているということじゃないんですね？」

「呪いなんてものは何もありませんよ。霊的磁場と奥さんたちの体質的な力が呼応して現象が起きているんですから。危険は何もありません」

「じゃあヒステリィを起したりしなければ起きないということなんですね？」

「何があっても、たとえ物音がうるさくっても気にせず、平静にしていればいいんです」

ほっとしたように彼女の表情は明るくなった。それでもこの建物が霊的磁場の上に建っている以上、ラップ音（霊がその存在を示す音）や家具、部屋の振動などはつづくものと思える。

「引越すか、そうでなければ馴れていくよりしようがないでしょうね」

とEさんは結論を下した。

武士というものは、普通の人とは違う強い意志貫徹の思い、戦うことに対しての一途な思い込みを持っている。しかもその時代は人間が単純だった。「戦え」といわれれば、「やめろ」といわれるまでとことん戦うのである。恨みつらみなんぞではない、それは純粋な一念である。その一念は死んでも消えず、魂魄この世にとどまりて、毎日毎夜、決まった時間に鉄砲を撃ち弓を射、それに当ってベランダ（櫓）から落下しているのだ。落下してもすぐもとの櫓に戻り、翌《あく》る日、また当って落ちることをくり返しているのだ。

およそ四百年余りそのくり返しの中に彼らはいるのだった。この住宅が牛豚の処理場だった時も、それから栗林だった時も、それから子供の遊び場、キャンプ場だった時も、そして一戸建て住宅が建っていた時も、（日本が戦争をして負けてもアメリカの家来になり果てても）来る日も来る日もこうして戦いつづけてきたのだ。

栗林の中の柿の木を選んで中年女が首を吊っていた時も、彼女のまわりでは戦いがくりひろげられていた。彼女は死んではじめてそれを知ったのだろうか？　これはえらい所へ来てしまったと後悔し、今は閉口してうろうろしているのかもしれない。

もしかしたらこの四階建て住宅は彼ら守備兵の切なる願いによって、その力に動かされて建ったものかもしれない。彼らはかつて高い櫓の上で戦っていた。栗林や処理場やキャンプ場では「櫓の上」という気分が満たされない。彼らの櫓欲しさの一念が働いて、ある日、役場の誰かがここに四階建ての住宅を建てようと思いついた。測量士が来て建設地域を決めた。もしかしたらその決めた人（測量士か建築士か）は霊体質の人で、知らず知らずに影響を受け、かつての櫓の位置ぴったりに、重なるように建てたのかもしれない。Ｅさんの霊視では住宅と櫓との重なり具合はまったく驚くほかない、みごとな二重写しになっているそうだ。

一九九九年春、この町営住宅が遂に完成した。守備の霊たちにとってはまさに「遂に」という思いだったにちがいない。建ち上るやいなや、応戦に活力が加わった。鉄砲を撃つ者、走る者。落ちる者もさぞや落ち甲斐が出来たことだろう。

住民の困惑恐怖など、知ったこっちゃない。お祓いの大声も撒かれる塩も、護摩木を燃やす煙も、一心不乱の戦いの最中《さなか》にあっては気に止めてなんかいられないだろう。

一心不乱の脇目もふらぬ霊たちの戦い、そのこちら側にはそれを鎮めようとする一生懸命の人たちがいる。向こうも一心不乱、こっちも一生懸命。お互いに背中合せにただただ頑張っているのだ。

水野さんの部屋を辞して階段を降りて来ると、北から南へ抜ける通路で、白装束の老人が護摩を焚く支度をしていた。白と灰色のまだら髯《ひげ》を顎に垂らし、髪は銀髪、枯木のように痩せている。護摩木に火がつけられ、八百万《やおよろず》の神々への祝詞が始まった。護摩を焚くのは密教の祈りで不動明王が本尊の筈だったが、と思いながら見ていると、やがて般若心経《はんにゃしんぎょう》が始まった。弟子らしい四、五人の男女が傍らで唱和し、次第に昂揚していく。チェックの上着にズボン姿のおばちゃんが私を見て、

「さあさあ、どうぞ奥へ入って下さい。滅多にしないことなんだから、トクですよ。気持よくなりますよ」

と見世物の呼びこみの口調。気がつくとそこにいるのは私と金盛さんだけで、住人は誰もいない。私の横をチャイナドレスを着た中年女が忙しそうに通って行く。彼女はお護摩の一行とは別の霊能者で、さっき水野家にいた時、チャイムを鳴らして線香と塩を持って来た人だと金盛さんがいった。九時になったら窓を閉めて、この線香を燃やして下さい。その頃、お祓いに来ます、という声が聞こえていたが、この人だったのか。

「線香はひとつかみもありましたよ。窓を閉めてあれを燃やしたらたまりませんよ。狸のいぶり出しじゃあるまいし」

と金盛さんは呆れている。

しかしこの異常現象を鎮めるために一生懸命になっているのは霊能者の人たちであって、どうやら住人は飽き飽きしているらしく、誰も姿を見せない。階段に足音がして、買い物袋を持った青年が降りて来たが、般若心経の熱唱のそばを見向きもせずに通り過ぎて行った。

しかし、髯の先生と弟子たちは今やクライマックス。弟子たちは一人また一人と悶えはじめ、踠《もが》き倒れて苦悶の様子。その背中を先生は数珠をもってハッシハッシと打つ。この地に巣喰う悪霊が今、弟子たちに乗り移り、先生がそれを懲らしめているというところらしい。

金盛さんはいつかいなくなっていて、そこにいるのは傘をさした私一人。私もいい加減に立ち去りたい。向こうに見える集会所に三々五々人が入って行く。そこではどんなことが行われているのか、行ってみたい。しかし私が行くとここは誰もいなくなってしまう。折角の熱演（？）に見物がいなくては気の毒だと思って我慢する。あっちも見たいが、こっちにもいたい。何だか催し物会場に入ったような気持なのだった。

集会所では別の霊能者が心霊についての講義をしていた。この人は三度目で、過日、塩を包んで来た紙を焼いて便所に流したところ、灰は流れて便器にある形が残った。その形は「首なし坊主」と「豚」だという。その証拠写真が聴衆（というほどでもないが）の間に廻されていたが、

金盛さん「これが袈裟《けさ》だといわれればそうかと思うけれど……ただそれだけじゃないですか。だからムリして『首なし坊主』ということにしたんですかねえ。こっちの豚も……豚と思うにはこれも相当ムリせにゃならんですな」

私「しかしなんで、『首なし坊主と豚』なのかしらねえ」

と二人で考え込んだのであった。

降りしきる雨の中、かくして富加町営住宅の夜は更けて行った。護摩木は赤々と燃え上り、髯先生の叱咤の声と般若心経。忙しそうなチャイナドレス。集会所の心霊講話はいつ終るとも知らず。この先生たちはみな、自前で来ているのであって住人が呼んだわけではないという。一文にもならぬことにかくも一所懸命になるのは、それを「使命」と考えてのことであろうか、それともただ「好き」なだけなのか。東に幽霊の噂あれば行って塩を撒き、西にラップ現象あれば行って護摩を焚き、ひたすら人のために尽そうと心懸けている人たちなのか。それとも私のような好奇心溢《あふ》れる心霊おたくか。

だがそうして人々が忙しくしている間も、あちらの合戦はつづいているのである。こうしている人たちの上や右や左を鉄砲の弾が流れ矢が飛び、雑兵が走り、血を流し、斃れているのだ。

「これはいつまでつづくんでしょう。鎮めることは出来ないんですか」

私が問うとEさんは、「むつかしいですねえ」と溜息と共にいった。

「武士の一念は強いですからねえ、こだわったまま死ぬと未浄化になるんです」

Eさんは雑兵の霊たちに向って、もう戦いはとっくに終っていること、時代は移り変わり四百年も経っていること、だからもう戦いはやめなさい、という想念を送ったそうだ。しかし「私一人の力では多分及ばなかったでしょう」という。あの合戦の真っただ中（つまり田圃の真ん中）に入って行って念じれば効果があるだろうが、一人では多分やられてしまうでしょう、ということだった。

唯一、考えられる方法は、彼らに命令を下した武将の霊を霊媒におろして、その武将霊の口から戦いをやめよといわせることだという。

「しかしその武将も幽霊になってここで戦っているのかもしれませんね？」

「そうですねえ……」

といってEさんは気落ちしたように肩を落したのであった。

あれから十日経った。

合戦はまだつづいているのだろうか。鉄砲は鳴り馬は走り矢が飛び、ベランダの雑兵は今夜もまた音もなく落ち、そうして霊能者たちは次々と現れて懸命に塩を撒いたり、護摩を焚いたりしているのだろうか。

聞くところによると水野さん宅の異音はなくなり、ラップ音も静かな音になりつつあるという。Eさんの祈りが届いたか、それとも髯の先生やチャイナドレスや「首なし坊主」の先生ら……総勢十三人の霊能者なる人たちの力が集まって、合戦は鎮まったのであろうか。Eさんにも、勿論私にもわからない。

とにもかくにも私は経験した

こういう現象を怪奇現象というのか、超常現象というか、あるいは心霊現象というのか私にはよくわからない。二十年以上も絶えずそういう現象を経験してきた私には、名称などもうどうでもいいのである。とにかく、この耳で聞きこの目で見た現象だけがあり、それを経験した（しつつある）からには、目に見えないもうひとつの世界（四次元）があることを信じないわけにはいかない。

とはいうが私はいまだに一度も「幽霊」なるものを見たことはないのである。気配を感じて身動き出来なくなったことはあるが、目に捉えたことはない。霊媒体質の人の中には普通の人には見えないものが見えるという人がいるが、私はそれほど強い霊媒体質ではないのだろう。私の経験は専ら「音」（ラップ音といわれ、霊がその存在を示す音）と「物品移動」（ポルターガイスト）である。

過去二十年余り私は旅の宿泊先で、夜になると（たまには昼間もあるが）部屋の天井近くでバチバチと鳴り出すもの音に悩まされてきた。うつらうつらしかけると、「寝かさんぞ」といわんばかりに「バチッ！」と鳴る。板を割るような音、コトコトと何かを叩くような音、バタン！　と倒れるような音、いろいろである。

それは浮遊霊がそこにいる（成仏出来ないでいる）ことを訴えている音だといわれている。初めの頃はそれが怖くて旅に出るのがいやだった。そのうち怖いというよりも眠りをさまたげられるのに往生するようになった。だが今ではすっかり馴れて、「あ、いるな。わかってるよ」くらいにしか思わない。しかし戦災地跡に建ったホテルなどは、一体や二体の霊ではなく、集団でこれでもか、これでもか、といわんばかりに激しい音で鳴りつづけ、眠らせまいと意図しているかのようなのが多いのに辟易《へきえき》する。

名古屋のもと遊廓だったというホテルでは、金属のお盆を床に叩きつけるようなもの凄い音が夜通しして、怖いというよりもうるさくて眠れなかった。あんなもの凄いラップ音は後にも先にもない。その音には「成仏出来ないでここにいるんです」といった綿々たる訴えではなく、怨念のすさまじさが籠っていた。遊女たちの怨みの念が一致団結して襲ってきたというようなすさまじさだった。

大阪駅近くのホテルに宿泊した時のこと、たまたま同宿していた霊能者のEさんと夕食を共にし、その後、話し足りないままに私の部屋へ伴ったことがある。

Eさんとテーブルに向き合った頃から、パチパチ、コトコトと天井のあたりが鳴り出した。

「いますね」

「そうですね、これは大勢ですね」

といい合いつつ、ふと窓の方を見たEさんは、

「窓の外にいっぱいいます。重なるようにしてこっちを覗いています」

という。私には何も見えないが、霊能者のEさんには見えるのである。

「男や女、いっぱいいます。子供もいます」

さすがに私はぞっとした。Eさんの視線は窓の方から室内に移り、

「入って来ました、みんな。そっちの方に集まってこっちを見ています」

一番前にモンペに防空頭巾をかぶった女が二人の男の子を連れて立っている。男の子は二人とも小学生で、汗ばんだランニングシャツの胸に白い布が縫いつけてあ

るという。

私は思い出した。若いEさんは戦争中の風俗を知らないが、あの頃、おとなも子供も空襲などで斃れた時のために、胸に住所と名前を書いた布切れを縫いつける義務があったことを。

「女の人はこういっています。戦争中、夫は戦地へ行き、二人の子供と暮していたというんですね。ある日、どうしても出かけなければならない用事が出来たもので、子供らにどんなことがあっても外へ出ずに家の中にいるように、といって出かけた。その留守中に空襲が始まり、子供は外へ出てはいけないという母親のいいつけを守ったために、家の中で焼け死んでしまった。そして彼女自身も外出先で空襲でやられた、そういっています」

Eさんと霊とは言葉ではなく、テレパシーで意志を伝え合うのである。それからEさんは沈黙して前方にじっと視線を注いでいたが、やがて、

「男の子が、果物をほしがっています」

といった。テーブルの上にはホテルから贈られた果物の盛り合せが載っている。

「好きなものを持って行きなさいといって下さい」

私がいうと、Eさんは、

「グレープフルーツを指して、これは見たこともない、何だといっています」

という。グレープフルーツは戦争中は日本にはなかった果物である。だから戦争中に死んだ子供は味も名前も知らないのは当然だ。

「どんなものかわからないからといって、グレープフルーツはやめてリンゴを持って行きました」

そしてEさんは、

「今、みんな、消えて行きました」

と報告した。リンゴはそのまま、テーブルの上にある。子供はリンゴの〝気〟を持って行ったということであった。

「あのリンゴを食べたらどんな味がするでしょうね」

「さあ……うまくないでしょうね、多分」

「食べてみましょうか？」

「いや、やめた方がいいでしょう」

とEさん。気がつくと部屋中に満ちていたラップ音はすっかり静かになっていた。

もうひとつ、私がよく経験させられる現象は、物があった場所から勝手に移動したり消えてしまったりすることである。十年余り前、『ポルターガイスト』というアメリカのホラー映画が評判になったことがあるが、その中で現象の始まりとして部屋の中の椅子が壁際まで移動したり、ひとりでに積み重なったりする場面がある。その現象がだんだんエスカレートして、一家は一大心霊騒動に巻き込まれていくのだが、これは事実を元にした話だと聞いた。そういわれると後半は作りものめいているが、椅子が移動したりするあたりは本当にあったことだろうと私は経験上納得した。

北海道の別荘でのことだが、ある夜外出先から帰宅すると、ガスレンジの上の換気扇が外されて、台所の床の真ん中にポッンと置かれていたことがある。またある朝は確かにストーブの上にあったコードレス電話が気がつくとなくなっていた。腕時計ならどこかに紛れ込むことも考えられるが、少くとも二十センチの長さのある電話機が紛れ込むとは考えられない。探しに探した揚句、ヤケクソになって長椅子のクッションまで剝がし、そのへんをなで廻していたら、肘置きのつけ根から奥の方へとなぜかひとりでに手が入って行き、ふと固い物が手に触った。もしや？と摑んで引き出すと電話機だった。

なぜそんな所に電話機が入ったのか、わからない。目に見えぬ存在の悪意か、面白半分のいたずら心か、もわからない。それを行った存在がどういうものかもわからない。怖いというよりも呆気にとられるという気持だった。その日は、朝から車のキイが見当らず、そればかりかバッグに入れた筈のスペアキイまでなくなっているので娘が探し廻っていたのだが、念のため電話の出て来た場所を探ってみると、カチンと指先に当って二つとも出て来たのだった。

映画『ポルターガイスト』の中では椅子が動いて積み重なるのを見て、女主人公は面白がって（そのうち笑いごとどころではなくなるのだが）笑い興じる。しかし私は、実際に物が動きつつある時の状況を見物したことは一度もない。私の経験では、「そやつ」は決して姿も見せず、移動のさまも見せず、こちらの隙を見て一瞬にしてさっと動かすもののようである。「動く」というよりは、さっとかき消えて、別の場所にさっと出現するのかもしれない。

一番壮観だったのは、納戸《なんど》に箱のまま置いてあった買い置きの天然水のボトルが十本、朝起きてみたら、台所の冷蔵庫の上にずらーッと並んでいたことだ。納戸へ確かめに行ったら、ボトルが入っていたダンボール箱が、きちんと畳まれて置いてあった。

こういう現象について、私は何の解釈も出来ない。それが何を意味するものかもさっぱりわからない。この話を信じない人は多分沢山いるだろう。信じない人に無理に信じよとはいわない。何と思われようといわれようと、私にいえることはこれは事実だということだけである。

解説——直球勝負の裏側

神津カンナ

実は私と佐藤先生は「ともだち」である。

もちろん大先輩の大作家、大佐藤であるし、親子ほども年が離れているのだから、「ともだち」などと言うのは本当は不謹慎なのだけれど、「ともだち」なのかもしれないと、私に感じさせてくれる佐藤先生の大らかさに甘えて、私は「ともだち」という肩書きで先生とお付き合いさせていただいている。

ある日、先生のお宅でお喋りでもしようと遊びに伺うと、先生がよそ行きの服装でにこにこ笑っている。

「ねえ、浅草に行きたいと思うんだけれど」

というわけで、私の運転で急遽浅草に行くことになった。

「先生、何か浅草にあるんですか？」

調べたいことがあるのか、懐かしい思い出があるのか、何なのだろうと尋ねてみると、先生はさらりと答える。

「いえいえ、何にもありゃしませんよ。もう五十年も行ってないかしらねえ」

そして私たちは雷門から仲見世に入り、お参りをし、餡なしの人形焼きを買い、ふらりふらりと歩いて、人気のない「花やしき」の前までやってきた。

「せっかくだから行きましょう」

先生はそう言うと自販機で入場券を買う。

確か「花やしき」は経営不振だというニュースを、聞いたような気がする。そのせいなのか、あるいは単に平日の午後だからなのか、園内は閑散としている。

しばらく歩くと、なにやら男女のペアが、大道芸というか簡単なアトラクションを演じているのが見えた。ベンチには母子が一組。私たちはその後ろに座った。マイクの音は割れ、衣装は薄汚れ、パフォーマンスもどうということはない。でもそのもの悲しさにはちょっと心が惹かれる。先生も同じ思いなのか、笑うでもなく、手をたたくでもなく、そのアトラクションを見ていた。すると今まで前に座っていた母子が、すっと立ち上がって行ってしまうではないか。唯一のこども相手に演じていた芸人の視線は、今度は老婆と中年女の二人連れに向けられた。

もう立つに立てない。行くに行けない。先生はちらりと私を見た。その顔は、老中からの「腹を据えて最後まで見届けようぞ」というお達しのように思えた。

私はこういうときの先生の表情が好きだ。ことさらにやさしい笑顔を見せるでもなく、過剰に温情をかけるでもなく、どこか困りながら、とても不器用にこぼす「やさしさ」に、ふっと胸が熱くなる。もちろん私も合点して頷き返す。そして私たちは時折、弱々しい拍手をしながら、じっと演《だ》し物が終わるまでそこにいた。

大道芸から解放されると、先生はすたすたとコインゲームのコーナーに行く。そしてシューティングゲームを見つけると迷うことなく百円玉を入れ、ペンキの剝げかけたピストルを手に取った。

撃つこと撃つこと。

「ああ、悔しい」「ああ、惜しかった」

先生は次々と百円玉を投じてゆく。私は慌てて両替機に走った。どのくらいやっただろうか。ようやくピストルを所定の位置に戻すと、先生は晴れやかな表情でにこりと笑った。

「私、好きなのよ、バンバンゲーム」

遊園地を後にして、私たちは浅草の裏通りを歩き、また車に乗り込む。

「どうしましょう？」

「言問団子を食べに行きましょうよ」

というわけで今度は、言問団子の店にゆく。三色の団子を食べながら、先生は小声で言った。

「戦後間もなくは、この店から川が見えたし、桜も見えたんだけどねえ」

どうやらほんとうに先生は五十年ぶりにこのあたりにお出ましらしい。

お団子で腹ごしらえをしてから、今度は私がイマドキのところをご案内しましょうと、お台場に向かった。そしてビルに囲まれた箱庭のような人工の砂浜に立った先生は、大きなため息をついてあたりを見回した。

「北海道の漁師たちが見たら、なんて言うだろう？」

先生の目は、注意深くあたりを観察していた。作家の目だった。

その後は、ジョイポリスで最新式の「バンバンゲーム」をする。お台場のジョイポリスに老婆と中年女は、やはり異質である。従業員が物珍しそうに、叫声をあげてピストルを撃つ我々を見る。舅と夫への腹いせで、仲良くバンバンやる嫁と姑に映ったかもしれない。

その日の夕食は恵比寿のラーメン屋。カウンターでラーメンを啜って、ともだちとの一日は終わった。

佐藤愛子先生とは、こういうお付き合いなのである。夏、二カ月ほどは北海道の浦河に滞在される先生を訪ねるのも恒例となり、芝居見物、美術鑑賞、お茶を飲みながらのよもやま話などなど、ほんとうに楽しいともだち付き合いをさせていただいている。

ただし、先生独特の、言われたほうは素直に喜べないねぎらいの言葉には、いつも苦笑させられる。

「あなたはよく気のつく人だけれど、あなたみたいな人といると、ぼけちゃうわ」

「あなたみたいな人は、身の回りに一人いるとまったく便利だわね」

べつに私は配慮が行き届いているわけではない。ただ、わがままな女優（中村メイコ）を母に持っているから、ほんの少し、相手の気持ちを察するのが早くなっているだけのこと。便利なのは、ただ車の運転が好きで、いつも我が愛車に先生を無理矢理、乗っけているからにすぎない。先生は決して、後輩の私がしていることを当然のことだとは思わず、何かにつけて感謝してくださるわけなのだが、その言い回しは、やはり「大佐藤」の口調なのである。

私は、あの「花やしき」で大道芸を見続けようと私に合図を送ったときの先生の表情と同じように、こういう、苦笑いしてしまうような言い方も、何だか好きだ。ただのほめ言葉なんて、お世辞とたいして変わらない。一ひねりあってはじめて、ボディーブローのように後から効いてくる。

怒りの礫《つぶて》はどこまでも直球で投げるのに、やさしさや慈しみは、なぜか直球ではなく、含羞に満ちたカーブで飛んでくる。その曲線が、不思議な温かさを醸し出す。

私は先生の近くで、何となく時間を共有することが心地よい。先生と真剣に討論するわけではなく、お会いすれば、他愛もない噂話や世の中の事件、テレビドラマの配役への文句、政治、経済、まさに井戸端会議なのだが、直球であったりカーブであったりする先生の緩急のある球を、自分なりに捕球しながら、多くのことを学んでいるように思うのだ。

時にはつたない「習作」を抱えて先生の前に座ることもある。この時ばかりは「ともだち」ではなくなる。

先生はどんなものも丁寧に読み、そして実に的確に、辛辣に、容赦なく、こてんぱんに私の文章を叩き、批評し、打ちのめす。こういうときの先生からの球は、ド真ん中への剛速球である。

けれども最後に先生は必ず、わずかに笑みを浮かべながら言うのである。

「たかだか佐藤愛子が言ったことにすぎません」

ノックアウト同然だった身に、慈雨が降り注ぐような瞬間である。

この「不敵雑記」の中には、何カ所か、こんな言葉が出てくる。

「この頃は文句をいおうとして口を噤み、あれこれ想像して目をつむるようになっている」

「老兵は消えず、ただ黙するのみ」

「老兵は死なず、消えも出来ず。黙って絶望を呑みこんでいる」

先生の、縦横無尽に、そう、それこそ「バンバンゲーム」のようにあっちこっちに向けて飛び出す弾丸のようなエッセイで楽しんできた読者にとっては、佐藤先生が目をつむったり、黙したり、呑みこんだりするなんて、あってはならぬことだと思うだろう。

私も、そのように先生に言われてしまうと、何だか寂しくなるのだが、よく読んでみるとやはり先生は、ただ目をつむったり黙したりしているわけではない。憤怒の出方はいささか変化したのかもしれないが、呑みこみきれないあれこれが、動かぬ証拠とばかりに口角あたりにとどまっているような感じだ。

先生はまたこうも書いている。

「若い人がやって来ると私はだんだん無口になる」

通じると思っていたことがまったく通じなくて説明するのもうんざりする……ということが増えてきたからだという。

私は、自分が先生の「ともだち」でいることが、少しは役に立つかもしれないと思った。

駄文を先生の前に提出すれば、黙することも目をつむることもしないはずであるし、先生を無口にさせないように精進すれば、「ぼけさせ屋で便利屋の神津」に、また何か話をしてくれるかもしれない。

いつも思うのだが、佐藤先生の作品には、エッセイにも小説にも、非常に気づきにくい、えもいわれぬ独特な「ぬくもり」がある。先生とともだち付き合いをしているうちに、私はそれが、ゆるやかなカーブでしか出すことのできない、先生のやさしさのなせる技なのだと、ようやくわかった気がする。

初出一覧

たしなみなし

素直な感性を　東京新聞二〇〇一年一月一〇日
新正月風景　東京新聞二〇〇一年一月一七日
ふんどし成人式　東京新聞二〇〇一年一月二四日
一人相撲　東京新聞二〇〇一年一月三一日
今様浦島　東京新聞二〇〇一年二月七日
インテリ無知　東京新聞二〇〇一年二月一四日
売れる！　東京新聞二〇〇一年二月二一日
希望の星　東京新聞二〇〇一年二月二八日
テクニック　東京新聞二〇〇一年三月七日
笑って下さい　東京新聞二〇〇一年三月一四日
耳直し　東京新聞二〇〇一年三月二一日
ハナのつまり　東京新聞二〇〇一年三月二八日
妻の気持　東京新聞二〇〇一年四月四日
春の日長　東京新聞二〇〇一年四月一一日
達観？　東京新聞二〇〇一年四月一八日
素朴な疑問　東京新聞二〇〇一年四月二五日
大胆不敵　東京新聞二〇〇一年五月二日

老境　東京新聞二〇〇一年五月九日
父親教育　東京新聞二〇〇一年五月一六日
マジメにやれェ　東京新聞二〇〇一年五月二三日
悪夢　東京新聞二〇〇一年五月三〇日
たしなみなし　東京新聞二〇〇一年六月六日
二十一世紀の子供　東京新聞二〇〇一年六月一三日
猛女の孤独　東京新聞二〇〇一年六月二〇日
わが教育　東京新聞二〇〇一年六月二七日
順調　朝日新聞二〇〇一年七月一七日
エイトマンとアポロ　朝日新聞二〇〇一年七月一八日
老兵は黙す　朝日新聞二〇〇一年七月一九日
目玉やきの目玉　産経新聞一九九九年一月二一日
てんむすを讃える　産経新聞一九九九年一月二〇日
悲しいカステラ　産経新聞一九九九年一月二六日
幻のラーメン　産経新聞一九九九年一月一九日
昔のトリ　産経新聞一九九九年一月二八日
ひっくり返したよう！　産経新聞一九九九年一月二七日

そうして、ここまで来た

そうして、ここまで来た　ＰＲ誌

無口のわけ　PR誌
赤頭巾ちゃん、気をつけて　PR誌
男はたいへん　PR誌
人は暴力夫というけれど　PR誌
前代未聞　PR誌
精子の行方　「エリオス」一九九八年九月号
今どきのコドモ　「エリオス」一九九八年一〇月号
楽屋うら　「エリオス」一九九八年一一月号
昔々のおばあさん　「集英社書籍販売ニュース」二〇〇〇年三月号
ブルドッグ歯と糸切歯　「Dental Diamond」一九九九年八月号
女の死に方　「小説新潮」一九九六年一月号
私の中のベートーヴェン　不明
鶴田医院衰微の事情　「小説宝石」二〇〇〇年一一月号
私と犬のつき合い方　不明
いろいろお世話になりました　「ラジオ深夜便」一九九八年夏号
ふと浮かぶ　「俳句朝日」一九九八年一月号
犬も歩けば　「小説新潮」一九九八年一月号
寂しい秋　「オール讀物」二〇〇〇年一一月号

楽しみなような、怖いような

楽しみなような、怖いような　「文藝春秋」二〇〇一年三月号
人は必ず死ぬのである　『死ぬのはひとり』に怯えた日」改題「新潮45」一九九九年五月号
教訓なし　「文藝春秋」二〇〇一年七月号
折節の記　「中央公論」一九九九年五月号
書くことの意味　「ザ・文章設計　第68号」一九九七年七月号
丹田と寸田　「月刊　剣窓」一九九七年九月号
わからないこと　「助産婦雑誌」一九九八年七月号
私の絶望　「This is 読売」一九九九年三月号
うろんの話　「別冊サライ」一九九九年一二月号

おもろうて、やがて悲しき

おもろうて、やがて悲しき　「婦人公論」一九九六年一二月号
大人物　中山あい子　「追悼　中山あい子」「小説現代」二〇〇〇年六月号
野上照代雑感　「本の話」二〇〇一年二月号

幽霊騒動てんまつ記

幽霊騒動てんまつ記　「小説宝石」二〇〇〇年一二月号
とにもかくにも私は経験した　「新潮45」二〇〇〇年九月号

集英社文庫　目録（日本文学）

集英社文庫

不敵雑記《ふてきざっき》　たしなみなし

2004年11月25日　第1刷
2005年6月6日　第2刷

定価はカバーに表示してあります。

著　者　佐《さ》藤《とう》愛《あい》子《こ》
発行者　谷山尚義
発行所　株式会社　集英社
東京都千代田区一ツ橋2-5-10
〒101-8050
電話　03（3230）6095（編集）
　　　03（3230）6393（販売）
　　　03（3230）6080（制作）
印　刷　大日本印刷株式会社
製　本　大日本印刷株式会社

ISBN4-08-747757-6 C0195